大方
sight

沈颖与陈子凯

魏思孝 著

中信出版集团 | 北京

图书在版编目（CIP）数据

沈颖与陈子凯 / 魏思孝著 . -- 北京：中信出版社，
2023.8
ISBN 978-7-5217-5626-5

I.①沈⋯ II.①魏⋯ III.①长篇小说－中国－当代
IV.① I247.5

中国国家版本馆 CIP 数据核字 (2023) 第 068654 号

沈颖与陈子凯
著者：　魏思孝
出版发行：中信出版集团股份有限公司
　　　　　（北京市朝阳区东三环北路 27 号嘉铭中心　邮编　100020）
承印者：　河北鹏润印刷有限公司

开本：880mm×1230mm　1/32　　印张：6.375　字数：98 千字
版次：2023 年 8 月第 1 版　　　　印次：2023 年 8 月第 1 次印刷
书号：ISBN 978-7-5217-5626-5
定价：49.80 元

版权所有·侵权必究
如有印刷、装订问题，本公司负责调换。
服务热线：400-600-8099
投稿邮箱：author@citicpub.com

目 录

沈 颖 / 1

陈子凯 / 97

沈颖

沈颖是后来才逐渐意识到,家庭氛围以及双亲关系,对她后续人格的塑造,以及她面对婚姻和两性关系的处理上至关重要的影响。

一　生平

沈颖出生在淄博的一个普通工人家庭，父母都是新华制药厂的职工。母亲在后勤部门工作，负责日常调配物资，对各车间来领取的人员登记，从仓库保管员小孟，一步步，成为办公室的孟姐。十多年里，节假日发放生活用品，这个身材消瘦、做事条理清晰且恩威并用的女性，给全厂上千名职工留下了深刻的印象。几十年后，一些退休的老职工，逢年过节，回到厂区西边的那座灰色的小楼领福利，盯着镶刻在墙体上，省文物局颁发的铭牌，先是感慨，这个德国人建的破楼还成文物了。又想到孟主任。老相识渐次死去，这些健在老职工也饱受各类老年病的折磨，沈颖的母亲成为他们年轻时的见证。怀旧总是伴随着哀叹，比如，他们早已记不清孟主任死了多少年，厂区也早已闲置，对面的药厂子弟小学，因生源减少，关闭后被个人承包，粉刷一番成了双语幼儿园。

　　沈颖的父亲当初是新华制药厂的业务员，婚后没多久，派驻到南方开拓市场，赶上企业改制，几年后辞职成立了医药代理公司。从沈颖记事起，父亲是那个偶尔回来，把自己抱在怀里，说又长大了，随即放下，又忙于业务的男性。很多年里，沈颖总是闹不明白，她和父亲的关系。这种疑惑，在进入青春期后，又变成母亲为什么执拗到，安于在厂里，而不是跟随自己的老公一起打理公司。又为什么，不去省城——父亲的公司所在地。母亲总是说，为沈颖学业的稳定。沈颖想象不出父母有过亲密无间的时刻，他们一出场，就是关系游离的中年人。直到后来，母亲死后，她整理遗物，发现一沓藏在衣柜下层的照片，一群年轻人聚会喝酒，老式玻璃茶几上，浮夸的果盘，狼藉的啤酒瓶，头顶悬挂着上世纪八九十年代舞厅常见的魔幻球。焦距不对，或是曝光过度，照片传递出久远回忆中的伤感。画面边角，正在拥吻的那对情侣，就是沈颖的父母。沈颖吓了一跳，母亲年轻时的侧面，和她一模一样。父母穿着喇叭裤，皮衣，烫发，表情呆板或是演戏过度，拍了一组照片。沈颖能辨认出地点分别有人民公园、火车站、柳泉路、淄博商厦。总之，沈颖把照片中母亲风华正茂的形象，与她前不久弥留时的状态比照，剧烈的反差，升腾出一种对未来的恐惧。

母亲疼痛难忍，嚎叫咒骂中，讨伐丈夫常年在外抛家舍业，以养家糊口来掩盖不轨行径。优渥的生活，在一个病人眼中，是金钱并不能治愈的身体上的疼痛。新华制药厂周围的那些农药厂和化工厂，成了她另外的一个攻击对象，几十年中常年呼吸着的化学废气，汇聚到乳房，成瘤，病变，割除，扩散。听闻当初同事们接连患癌，成为沈颖母亲死前内心中隐秘的慰藉——并不是只有她如此不幸。在沈颖看来，母亲患病后，父亲的每次出现更像是在催命——事业发达后逐渐红润的气色，光鲜外表下的气定神闲，人生道路的顺畅与家庭衰败泾渭分明。其所作所为，本质上和慰问的工会人员，没什么区别。面对父亲，母亲并无耐心再去伪装，嘶吼和哭丧成为常态。父亲每次留在家里的时间越来越短，照例在临走前，掏出几沓从银行刚取出来箍着白条的钞票，附带几句对女儿学业上的叮嘱，和对发妻身体的关照，敷衍到让沈颖也认为，这个中年人，只是在用扶贫弥补道德上的亏欠。

　　沈颖是后来才逐渐意识到，家庭氛围以及双亲关系，对她后续人格的塑造，以及她面对婚姻和两性关系的处理上至关重要的影响。沈颖极少向外人，说她的家庭情况，就算是丈夫知道的信息，也仅限于她读初三时，母亲去世。父亲常年在省城经营医药公司，另组家庭后，沈颖有一个同父异母的弟弟。谈起亲人，沈颖常说到一个叫刘姨的。起初，丈夫以为是沈颖母亲的妹妹或者姐姐，后来才知道，刘姨是她家曾经雇用的保姆，从沈颖的母亲失去自理能力到死后，又一直照料她饮食起居到高中毕业。其间，父亲担负刘姨工资，作为对女儿的一种补偿。逢年过节，沈颖会去探望刘姨，忍受代际观念差异，稍显越界的嘘寒问暖，从未婚时对婚事的担忧，到如何处理同事关系，不厌其烦又充满善意的絮叨，填补了一部分母爱。在随后漫长的日子里，沈颖有时想起刘姨用浓重的鲁西南口音对她说——妮，在外面多长点眼色。胸口会涌出一阵暖意。

沈颖从小体弱多病，在没形成足够记忆的童年，挣扎是她带给家人的感受。双职工家庭，母亲过早节育，对女儿最大的希望是能健康长大，不要落到一个失独的下场。他们一致认为是沈颖长到八个月，一次高烧不退后，在生活区诊所的灌肠，导致了她此后的体弱多病，食欲锐减，婴儿肥迅速消退。等沈颖多少有些记事后，诊所里那位长须戴眼镜的长者，频繁出现在她的噩梦中——提溜着沈颖的双腿，身体倒挂，拍打着她的屁股，导管从肛门插入直肠，药物顺序进入。成年后，沈颖在电影《异形》中看到相似的场景，意识到异形的脑袋和导管，都是男性生殖器的象征，也合理解释了学龄前的自己，为何一靠近这个社区诊所就哭闹不止。除此之外，幼年时的沈颖还有几个在大人眼中不能理解的行为。一、青菜只吃菜干。二、粥里有油腥，一口不喝。三、门开着睡不着觉。

沈颖是过敏性体质，随季节交替，不断的咳嗽声中，她上了初中。学校离家几里路，骑着自行车，五分钟的路程。沈颖要经过两个路口，一个海鲜市场，一个银行。双向两车道，街上的汽车肉眼可见的多了，路总是堵。街道两旁的法国梧桐，枝繁叶茂，阴影交替中，瘦弱的沈颖，一个人不缓不急骑着自行车，迎风而过。体育课上跑圈，沈颖总是坠在队尾，与班上同样掉尾的肥胖男生，被同学们在私底下配对。沈颖成了班里，第一批戴上近视眼镜的——只在课上戴。她过分在意外界的看法，一年后视力下降到二米远看不清对方的脸，无法调整自己的表情后，才在课余时间也戴上眼镜。她还要经过一系列的挫败，才在以后塑造出坚韧、洒脱的性格。沈颖总是习惯用左手食指去轻托镜框，鼻梁上留下印坑。塌陷的眼眶，让她的眼神有些深邃。大一时，沈颖戴上隐形眼镜，很少有人知道她近视。又过了许多年，眼镜框逐渐成为一种饰品。沈颖也只在夏天，有仪式性的时刻，戴上太阳镜，让自己放松，缓解焦虑。

初二那年，沈颖搬到城区西边的新小区，三室两厅，电梯房，卧室向阳。十一楼，天气好时能远眺到南边的群山——她读高中后，房地产蓬勃发展，视线才被新建的高楼遮挡。小区周围不是棚户区，就是六层以下的住宅楼。屋顶频繁做过防水处理，锡纸膜在阳光下，反射出刺眼光芒。沈颖有了一个新的观察世界的角度，如巫婆呼唤咒语，水晶球显灵，窗外的万物成了她私人的微缩模型。她总是怀念，药厂生活区那间背阴、临街的卧室。从三楼望下去，又怕被人发现，躲在窗帘后面，留出一道缝，刺激又紧张。到了深夜，野猫出来觅食，躲着水洼走，挑三拣四；黄鼠狼在公路上立身停一会，再蹿进树丛。过了许多年，沈颖翻看日记，里面有这条街道的描述，以及打完篮球，天黑后才回家的同校男生。新居乔迁，把沈颖的生活一分为二。多年后，她才会把刚装修的气味，和母亲病情加重联系在一起。母亲挑选的全新家具，很快就落伍了。时代如坠落的物体，一切都在加速度。从微机到电脑，电话拨号上网频繁掉线，新时代磕磕绊绊来临。沈颖送走了母亲，身体也停止了发育。

　　母亲留给沈颖的遗产，包括两处房产——制药厂分的房子，是集体户口，母亲和父亲另外签了协议，以后改制或者是拆迁，所有收益归沈颖。新居房产本的名字只留下沈颖。赡养费和存款（多为父亲平时带回来的），可以负担沈颖高中到大学的花销。母亲在生命尾声，经常对沈颖说，我这当妈的，只能做到这份上了，以后你要靠自己。沈颖看着母亲空塌的胸部，尽可能姿态含胸，让凸起的胸部，不至于刺激到母亲。这一对小乳房，以及患癌的可能性，是沈颖最不愿意面对的母亲的遗产。父亲提过几次要把沈颖转到省城念书，半年后，他组建了新的家庭，话语开始从劝导改为低频率的安慰。

没人管束，衣食无忧，秘密逐渐填充进沈颖的生活。放学后，她总是关在卧室里，拨号上网，在聊天室里，和天南海北的朋友聊天。虚拟世界中的沈颖，有意给自己塑造了另外一套性格特征：双亲亡故，叛逆，总是逃课，热衷于唱歌，和收集歌星黎明的照片。沈颖和网友见面，在旅馆房间，仓促搂抱时嗅着对方身上的烟味。他外表成熟，举动不够温柔，在脖颈和脸颊一阵乱吻。沈颖匆忙终止了对两性关系的探索，借口去洗澡，夺门而逃。她发现自己完全不适应来自异性的触碰。这种不适应，到高二时，成了彻底的厌恶。晚自习，刚从师范毕业的数学老师，在办公室里把手放在沈颖的臀部，停顿了数秒钟。下了晚自习，校门口双向四车道的公路上，停满了家长的车。沈颖推着自行车，如同溪流中的一颗石头，在碰撞中翻滚着。臀部上的手印如同硝酸，腐蚀出一块瘢痕，散发的味道和数学老师张合的嘴巴中的气息一致。在刘姨眼中，这只是沈颖又一次惯常的情绪崩溃，学业压力大，或是丧母之痛的余音。餐桌上的菜，在第二天早上，沈颖出门时装进了垃圾袋中。她站定，指着母亲的卧室（依旧保持原样），对正在拖地的刘姨说，你要累了就去里屋睡觉，不用总是在沙发上，对颈椎不好。

高考完，出了成绩，报考志愿前，沈颖参加了一场追思会，地点在一个女同学爸爸工厂的会议室。班里四十多个同学，来了十几个，围着长条会议桌，松散而坐。会议桌中间镂空，撤掉绿植，换成因溺水而亡的男同学的遗像。后面黑板上没擦掉的项目报表，以及大家局促的表情，像是一场对工厂未来前景的研讨会。追思会的策划者，坐在沈颖的对面，一身黑衣，定下主题：遗忘是真正的死亡，乐观比哀伤更有力量。遗像用的证件照，放大后发虚。沈颖从同学们轮番的发言中，知道死者生前热爱踢足球，亲近自然。学习成绩一般，这次高考超常发挥，爸妈奖励了他一套钓鱼装备。第一次钓鱼，失足掉进水库，头磕到石头。地点偏僻，他等了120救护车半个多小时才咽气。轮到沈颖，她一时无话，在众人目光下，意识到，自己对死亡有更深的了解。她分享触摸母亲尸体的感受——像是在炎热的夏季，碰一块零下二三十度的铁板。

回去后，沈颖心里总在回味同学们的发言，一个鲜活的生命，注定会长久留在大家的心目中。她翻开毕业留念册，大家对她的评价，单调重复，寥寥几句：不合群，独来独往；美好祝愿，诸如生活如意、一帆风顺。可是，怎么才能做到这些。死去的男同学写的是：三年高中同学，匆匆而过，你不喜欢说话，我喜欢说话，咱俩没说过几句话，如果以后，我们遇到了，记住我这个老同学。后面加了个小鱼叼在鱼线上的涂鸦。至于组织活动的女同学，多年后，沈颖从同学的只言片语中得知，这个女生去美国留学，攻读的是人类学。

报考志愿，沈颖没有征求任何人的意见，根据自己的分数，抱着厚厚的报考指南，筛选全国所有院校和专业。父亲希望她能去学医，沈颖没兴趣，说分数低（其实也确实如此），没资格。骨子里的执拗，在此刻发生了作用，沈颖翻书，名目繁多的院校名字，如同磁铁下的铁石粉末，刺进眼中。她想到母亲在病重期间，有意去收集的假药贩子们分发的各类治愈癌症的报刊和宣传册。它们一次次唤醒着母亲的求生欲，让她短暂提神关心下女儿的生活。人类言语沟通的错位，和相信文字的力量，两者组合——如何运用文字的蛊惑和煽动性，让沈颖选了广告传播专业，填报了两所院校，一个在四川成都，一个在省城济南。

沈颖在大学没加入任何社团。四年后，她收拾行李，床铺上摊开的各类证件，除了毕业证、学位证、学生证和饭卡，还有一张中国青年志愿者协会的证书，照片的位置空缺。沈颖已经记不清，在学校礼堂召开的动员大会上，有没有当众宣读上面的誓词：我愿意成为一名光荣的志愿者。我承诺：尽己所能，不计报酬，帮助别人，服务社会。践行志愿精神，传播先进文化，为建设团结互助、平等友爱、共同前进的美好社会贡献力量。刚拿到证件，沈颖确实短暂流露出想去边远山区支教的打算。容易感动，思想上的巨人，行动上的矮子——以上就是她对大学校内生活的自我总结。

第一次住学生宿舍，开学两个月后，沈颖还是没办法适应。她睡眠浅，任何动静都会醒来。八个女生，各地口音。私人物品经常被拿用，缺乏个人空间，在厕所换卫生巾被人撞见最终让她下定决心。电话中，父亲有些犹豫，真以为女儿要和他住在一起。沈颖说要出去租房子后，他才爽快来到学校签字。以走读的名义——确实离家挺近，公交车转一下，二十多分钟。

父亲写下责任书，走读后，校园外一切后果自负。父亲的奔驰车停在宿舍楼下，帮女儿把行李搬上车。沈颖殷实的家境，在经过多番流传后，成了她被人包养。沈颖被孤立，她不在乎，也没有察觉，只是将其认为是不熟和自绝于集体后的必然后果。

为了安全，父亲在离学校三个街区的公安局家属院找了个房子。顶楼，一室一厅。小区住的大多是退休家属，房子有些老化，还算整洁。此后的四年，沈颖成了这栋楼里老年人生活上的帮手，陪他们谈心，上楼提重物。她经常收到吃用的东西，烙好的菜饼，吃不掉的水果，节假日收到的一些礼品——月饼和汤圆。沈颖喜欢和他们打交道，没有同学间的攀比和计较。课余时间，沈颖给老人的孙子辈辅导功课，一小时一节课，十五元。

她也意外听到了不少案情。二十一世纪初的那几年，网络还没普及，纸媒和电视还是信息的主要来源，不宜对外公布的恶性案件，诸如碎尸杀人、爆炸放火、强奸致死，总是在小范围内散布，被曲解和过度渲染。对门七十多岁的李大爷，曾经是抓扒能手，教会沈颖如何识别小偷。沈颖从一本内部传阅的侦破大案经验总结中，了解到不少破案常识。一楼东户住的宗叔叔，去年从市局的文史科退休,工作惯性,让他在空闲时间,接下梳理集中于上世纪八十年代的案件工作。沈颖买了一台笔记本电脑,充当打字员,千字五块。夜深人静的时候,沈颖翻看名为"侦破大案经验总结"的内部资料——纸张泛黄,墨水写字,有些是油墨打印稿,辨认困难。在爆炸中惨死的矿场一家四口;在玉米堆里,被人强奸杀害的十三岁女孩;被碎尸丢弃在河道里的河北籍妇女……沈颖粗略浏览,第二天把资料送回去,说最近学业重。

　　母亲活到四十五岁,沈颖潜意识里把这当作自己的寿限。还有二十多年,一切要趁早去体验和经历。她干过十几种短工,主要是服务类的,发传单,促销员,服务员,按天计酬,机械性的劳动,不太用动脑子。品尝人间疾苦,是沈颖的初衷。说到底,除了身体上的劳累,她无法体会出身贫穷家庭的人,内心的惶恐和窘迫。两性关系是沈颖无法逾越的一件事,外观上,她留着五六十岁妇女的短发,不施粉黛,牛仔裤和皮夹克,是她的标配。尽可能降低外表对异性的吸引力。通过发传单,沈颖认识了一个医学院口腔专业的学生。传单发完,到了中午,两个人坐在商场旁边的街心公园吃肉夹馍。男生夸赞沈颖的牙齿洁白。

他们又勉强见过几次，他总是热衷于社团和学生会的工作，对沈颖还没入党耿耿于怀。沈颖有时也在想，自己会喜欢什么样的异性，生活中没有给她提供这样的模板，一切都局限在幻想中。或者说，她更喜欢欣赏自己的人，而不是要去迎合对方。在选修课上，沈颖固定坐在角落里，经常会遇到一个男生。半个学期后，选修课结束，再没见过。

毕业照中的沈颖，站在第二排，靠右上角的位置。若是外人看到照片，会被众人脸上洋溢的笑容欺骗，羡慕大学生活。起码对于沈颖来说，她的笑是代表着解脱。大学四年，沈颖对老师和学生的印象都不深。还好，怕大家忘记，照片后面对照印着每个学生的名字。

和其他的大学生，在毕业前夕为工作和前途焦虑不同，大四下学期，同学们四处找实习单位时，沈颖的父亲早就在实习单子上签好字。沈颖背着双肩包，先去了南方的几个省份，和预想的不同，那些街区和名胜古迹没有想象中那么美好。沈颖站在上海外滩，看完黄浦江上驶过的挖沙船，回到酒店后高烧不退，又住了两天等退烧后打消了继续南下的念头，买了返程票。回去一个星期后，沈颖开始怀念旅途中的枯燥乏味。她喜欢上了南方清淡的饮食，不像鲁菜，用大料调味掩盖了食材本来的味道。这也是沈颖，在毕业后没有听父亲的劝告进他的公司，选择去青岛的原因。靠海，海鲜多。口腹之欲没有支撑沈颖多久，小广告公司的工作强度大，薪水少，总是加班。身为乙方，随时要面对客户对于文案的苛刻要求。半年中，沈颖每天六点多出门，倒两次公交车，一个半小时后到公司，晚上加班到八点是常态。没有自主性，作为实习生被任意指派，设想好的职业愿景，荡然无存。沈颖停经了，脸上长出一块块红斑，不知道是劳累，还是与公司靠海，带着盐粒的海风吹拂有关。美食和美景，没办法治愈沈颖逐渐垮掉的身体。过了实习期，还迟迟没转正，给了沈颖辞职的借口。

辞职后，沈颖又在青岛住了两个月，脖子上挂着相机，闲逛老城区的街道，被一个穿着背带裤的老头搭讪。老头以交流摄影的名义，说自己的别墅里有摄影棚，可以给她免费拍照片。这是她为数不多闹心的时刻。身体的一切指标向好，沈颖意识到，自己脆弱的神经和不喜欢被人指挥的性格，确实不适合在一个竞争激烈的公司。这年十一月，父亲开车接沈颖回家，车后备箱和后座里放满了这半年来所有的家当。青岛到淄博，高速两个半小时。窗外景色单调，沈颖头靠车窗，看到父亲的眼泪从墨镜下流出。阳光刺眼。从沈颖记事起，这是父亲对她仅有的一次交心，先检讨没尽到父亲的责任，对家庭现状的无能为力，又说自己右肾长了一个瘤。在潍坊的服务区，沈颖下车，躲到卫生间，扶着隔断，哭了十几分钟。她明白，父亲这种试图修复关系的举动是徒劳的，遗憾大过感动。她曾经期盼过温馨生活，现在自己已经适应了这一切。不只是和父亲，也是沈颖和周遭世界的关系。沈颖自己都没意识到，这么多年来，亲人更多的是一个代称。家庭聚会中，沈颖占据着一个吃饭的位置，接受来自亲人们的关心和呵护。亲情只维系一顿饭的时间，宴席散场，剩不下什么。如果你本来就没有更多的要求，也谈不上什么失望。

父亲安排沈颖去了一家和自己多年合作的广告公司。公司在城区人民路上，离沈颖的家不远。沈颖负责对接父亲公司的宣传企划，公司把她视为维系重要客户的砝码，清闲之外还有着让同事羡慕的自由度，薪水也说得过去。沈颖蓄起长发，与世无争的性格，让她体会到了一种久违的集体感。在公司里，沈颖和同事关系融洽，交到几个朋友，尽管她们陆续离职，有些不再联系。到沈颖后来认识老公，当全职太太，她工作了五年。五年中，生活稳中有进，新华制药厂的家属楼拆迁，分到五十万。沈颖学了半年，考出驾照，买了一辆宝马车。在从小长大的城市，过着朝九晚五的生活。在外人眼中，沈颖的确没有什么可抱怨生活的地方。掌握了化妆技巧，拥有尚可的衣着品位，沈颖身上散发着她这个年龄段该有的魅力。如公司的部分男同事所言，沈颖不好让人接近，方便面都不吃国产的。

二　婚后

沈颖结婚四年，女儿三岁，九月份入学，还在适应幼儿园的生活。早上一睁眼，女儿就开始哭，哭着穿衣服，哭着吃早饭，哭着坐上车，到了校门口，小哭成了嚎啕大哭，抱住沈颖的大腿闹着要回家。老师接过女儿，抱着她进教室前的几十米路，女儿趴在老师的肩膀上，挥着小手，眼泪还在啪嗒往下掉。幼儿园门前的马路，双向两车道，人行道上规划出停车位，早上七点到九点停车免费。沈颖停下车后，要掉头走，送完女儿，她习惯坐在车里，等到八点多路上车少了，再开车回家。协管员在指挥交通，沈颖每天都会看到这个五短身材的胖子。面对拥挤的车辆，他干劲十足，让这个车停下，让那辆车走，或者看到有车要调头，就跑过去，让车直行不准调头。他发现有车不规范停放的苗头，就迈着企鹅步过去敲车窗。沈颖坐在车里，看着他，琢磨他的心理，他为什么如此爱岗敬业。

有次，一个幼教的男朋友把车停在路边。幼教跑过来。胖子急赤白脸地说，和你说多少次了，车不能停路边。幼教回了几句，吵起来了。幼教的男友从车里下来，指着胖子骂，我就停这里了，怎么着吧，你娘了个×的。胖子站着没说话。幼教拽着男友走。男的不依不饶，又骂了几句。车开走了，沈颖站在路对面，看到胖子一脸失落，没有多余的停顿，前面堵车了，胖子又立刻投入到指挥中。有次，沈颖去早了，坐在车里看书，也时而观察胖子。胖子发现一辆车乱停，迈着企鹅步，嘴里小声嘀咕，×他娘，这个傻×。更多的时候，胖子站在路边，不时有等候接孩子的老头上去搭讪。面对搭讪，胖子不苟言笑，说话也硬气，像是一名正规编制的交警。沈颖在车里消磨时间，不立刻开走，对自己车技的不信任之外，和这个协管员不无关系。他确实有点凶。

沈颖有点羡慕协管员对工作的热情。在早晚上放学高峰后，他又回去做什么呢。如果一天中，有那么两三个小时满怀激情去投入，也好过如今的空虚和无所事事。她想等女儿完全适应后，回原来的公司上班。这四年中，公司领导每隔一段时间，都会询问一下。沈颖也确实需要从全职太太的身份中解脱出来，融入社会，在职场上实现自我认同。这个想法，在女儿上学后，越发强烈。白天一个人在家，沈颖心思都在女儿的身上，还哭不哭，有没有按时喝水，流鼻涕了老师给擦吗，午休睡得好吗，有没有被别人欺负。那些新闻中动辄出现的幼儿园虐待孩子，更是让她心悸。沈颖有时也会把这些念头告诉丈夫。丈夫总是没有耐心，取笑一番，一两次后，她也不想说了。

　　丈夫常年在外出差。和外人认为的不同，沈颖对丈夫的抱怨和忍受，只短暂出现在婚后，以及陈子凯出现前。抱怨是从婚后到女儿出生（未婚先孕），大概不到一年的时间。结婚不到八个月，女儿出生，沈颖的心思都放在女儿身上，和女儿相依为命，也习惯了身边没有丈夫的存在。沈颖要在丈夫的面前伪装自己，不经意地出神，等待陈子凯消息时的焦躁，收到信息后发自内心的欣喜。晚上，夫妻各自回房。把女儿哄睡后，沈颖才能全身舒展，内心踏实地沉浸在和陈子凯的交谈中。沈颖也明白，自己的担心是多余的，丈夫在家的那几天，心思也并没有在她的身上，夫妻之间早就达成一种互不关心的默契。她的掩饰，更多是对内心羞愧的补偿，减少不必要的麻烦。

沈颖有时宽慰自己，除了感情上，她没有亏欠丈夫的地方，就算是感情上，也并不完全是自己的责任，甚至丈夫的责任更多。作为丈夫和父亲，他都没有尽到应有的责任。独自养育女儿的艰辛，自身精力的消耗，身体和内心慰藉的缺失。夫妻间的裂缝存在已久，问题只是早晚。陈子凯唤醒了沈颖从未体会到的情感，她一直以为，生活本应该如此，在黑暗中生活久了，一束光亮透入，就搅动出了天翻地覆的景象。

和陈子凯的第一次见面，沈颖没有任何印象。他们关系升温后，曾不止一次去对照和打捞这些细节，用来佐证两个人的缘分，这多少有些牵强附会，确是热恋中的男女乐此不疲去做的事情。五年前，陈子凯只是一个高中辍学，刚踏入社会不久的不良青年。沈颖也还没结婚，在广告公司上班，定时参加由热心的亲友安排的相亲，一直在男女之情上没有开窍。年底，公司组织年会，沈颖记得临近元旦，刚下过一场大雪，人民路两旁高大的梧桐树上积攒了一层雪，走在树下，北风吹过，雪花又纷扬了几天。清洁工把积雪铲到路边，堆积成膝盖高，冻成如不规则的花岗岩。年会聚餐在大红门酒店，离公司两个街区，办公室人员和车间安装工人都参加。沈颖心情不错，抽奖环节，抽中了一瓶法国香水，此后用了三年。才艺展示各部门都准备了节目，沈颖所在的策划部是歌伴舞。沈颖唱歌，其余三个女的伴舞，张牙舞爪。喝多了的男同事们，在下面一阵起哄。沈颖跑调，没唱完，自顾下了台。伴舞的女同事，又让她喝了一大杯啤酒谢罪。以上，是沈颖记忆的全部。当初的一些细节，是陈子凯后来逐一添加的。聚会在大红门三楼的会议室，一共摆了四桌，一桌十几个人。陈子凯和沈颖一桌，坐在她的对面。陈子凯的堂哥，在公司负责户外安装。沈颖记得有这么一个人，印象不深。陈子凯简单描述了下堂哥，个头不高，脸挺白的，印堂长着一个不大不小的瘊子。陈子凯不是公司的员工，堂哥看他不务正业，怕他学坏，喊过来干兼职，让他收下心。公司知道安装上缺人手，活多了，也不舍得多雇人，给陈子凯的工资是一天五十。

过完年，四月份，春天风大。周村福旺红木家具的员工顺着309国道，在辛店和张店的交界处，看到户外广告牌上厂里的广告条幅，被大风吹下来半截。层层传递，公司派陈子凯的堂哥去维护，框架生锈，一脚踩空，从上面摔下来。他躺在地上，不知道过了多久，被路过的环卫工发现。出事地点在张店和辛店的交界处，120救护车在确定归属地上浪费了点时间。堂哥躺在重症监护室里昏迷不醒时，亲属们和公司为后续赔偿扯皮。没有签署劳务合同，堂哥施工时操作违规，没有系安全绳。各处细节拼凑，一系列的错失，验证了死亡的必然。彼时，沈颖已经离职，在筹备结婚的事宜，为婚纱照和酒席等细枝末节的东西安不下心，这个没什么印象的前同事的事故，还是女同事以分享八卦的心理告诉她的。瞒着公司领导，同事间发动了一次小型募捐，沈颖捐了五百块。这些是沈颖和陈子凯堂哥仅有的交集。出事不到一个星期，人就死了。

　　回到公司年会的那天晚上。陈子凯说，他坐在对面，一直观察沈颖。沈颖说，她喝了不少酒。（鉴于她没有喝酒的习惯，两三瓶啤酒，对她来说确实不少。）陈子凯说，你笑起来特别好看。这句没有什么可信度，陈子凯话语上的奉承，让沈颖洁白的脸颊又不自然地红了起来。时间流逝，堂哥死亡。略显伤感的氛围下，过去几年的画面，充斥着沈颖的脑海，在多巴胺分泌下的迷幻中，她后颈上方的头皮一阵酥麻。几年中，沈颖结婚，生育，女儿上了幼儿园。看似简单的几个词汇，落在沈颖的身上，蕴涵的内容不仅是在填写个人材料中，婚姻状况是已婚，是和另一个人捆绑在一起生活，是小腹那道剖腹产留下的疤痕，是长达两年的失眠，和从未离开女儿一天的陪伴，是沈颖在妻子和母亲身份下，丧失掉的自我。那丢失的自我，在陈子凯出现后，又逐渐回归，让她正视自己原有的欲望。心花怒放，小鹿乱撞，世界都是彩色的，空气都是甜的……这些见诸报端和通俗读物中，形容爱情的词句，沈颖终于有了切身的体会。陈子凯奔放的爱意如同流水，在干枯的大地上，冲刷出了沈颖躯体的样貌。

　　微信上，一个陌生人加沈颖好友，留言问，你是谁？沈颖没有通过好友认证，回问，你是谁？对方说，我有你的手机号。沈颖没回。第二天早上，从幼儿园回来，沈颖坐在沙发上，想了一阵这个人究竟是谁，出于好奇，通过了好友认证。对方没有及时回话，到了晚上，沈颖坐在桌前，按照老师的要求，给女儿新发的课本塑封皮，将一张红纸剪成心形，写上肖真希，再用双面胶贴在封皮上。对方回话，白天在忙，没看到，现在方便说话吗？出于自尊和过去几个小时内心苦恼的补偿，沈颖没有立刻回复，等女儿均匀呼吸，入睡后，她才歪过身子，抱着手机问对方是谁。在确认对方的身份上，两个人耗费了一阵，回溯各自可能的人生交汇的地方，最终确认到广告公司，那次年会酒后，陈子凯帮堂哥要到沈颖的手机号。四年过去了，号码一直存在通讯录上，备注名为，美女。

　　沈颖对陈子凯联系自己的目的，有一丝的怀疑。他那些话有明显讨好的成分，过去这么多年，忘不了沈颖那双眼睛。凌晨四点多，沈颖才浑噩着睡去。两个小时后，晨光微现，她起身站在阳台，把蓝色的窗帘掀开一条缝隙，小区下面平时晨练的几个老人，把她拉回了现实，懊恼昨晚上言语的失态。夜晚容易动情，眼下才是真实的。白天，沈颖的微信迟迟没有动静，她既害怕又渴望，只好一遍遍去翻看陈子凯的朋友圈，去拼凑关于他更多生活的点滴。两年多的时间，只有寥寥三四十条动态。以文字为主，配图的不超过十条，也多为工地和风景。文字多集中在晚上，完工回去的路上，搭配从车里拍到的模糊街景。不清楚陈子凯的外貌，这些信息帮助沈颖勾勒出了一个卖体力的，不善于粉饰自己的坦诚形象。他对天气变幻敏感，工作多在户外。夏天吃烧烤，是他为数不多的炫耀。喜欢用"妈的"加强自己的语气。对现实生活，他并不满意。

多年来，沈颖没在朋友圈发过自拍，以半个月频率发点新添置的家具和摆件以及新研制的饭菜。女儿的照片也不多，主要集中在特定的日期，比如生日、春节。沈颖放下手机，全身发烫。一半是，沈颖这么多年保持随性和自在，不考虑外人如何看待自己，竟为一个才认识不到半天的男的荡然无存。一半是，沈颖环视房间，书架上平日里收集的摆件，木质的家具，花瓶中插的鲜花，挂在墙上的版画——把它们用滤镜进行美化再对外展示，换来零星的点赞和言语上的欣赏，到底有什么意义？

当初，沈颖查出怀孕，考虑到丈夫的工作安排，挤在国庆的七天长假中匆忙办完婚礼。仪式从简，只邀请了两桌平日的朋友，没有通知双方的亲属和长辈。酒店门前没有充气拱门，也没有随处可见的"囍"字。新郎穿着正装，新娘穿着中式红色旗袍，没有司仪，融洽的气氛中少了些闹腾。几句客套话后，大家吃喝，在敬酒时送上几句吉祥话，一切都和这对新人日常和工作中留给大家的疏离感相得益彰。假期结束，丈夫被公司派往贵州，在崇山峻岭中架设基站，一去又是几个月。沈颖生产，全程都是刘姨陪护。女儿出生后的第三天，丈夫赶到医院，沈颖因剖腹产的伤口感染，躺在床上脸色苍白，精神萎靡。女儿肺部发炎，沈颖还没出产房，护士抱走孩子，扔进保温箱里。在医院住的一个星期里，沈颖一直没见到女儿，只能从手机里护士发来的模糊照片去辨认。沈颖奶水少，刘姨每天从家里炖好汤熬好粥送过来，一辈子没有孩子，她高兴得像是自己当了外婆。丈夫守在病房里，对着电脑办公，沈颖看着心烦，索性让他走了。丈夫给女儿起了两个名字，一个是真希，一个是子曰。沈颖说，都不好，最后还是用了第一个。又过了两个月，丈夫出差回来，第一次见到女儿。沈颖过度溺爱的情况初现，呵斥丈夫小声说话，手没洗干净不要碰女儿的用品，抱孩子要轻拿轻放。沈颖指着阳台上晾晒的一块块尿芥子，对保姆说，这两天让孩子她爸洗。

　　沈颖深知自己的缺点，那些平日里表现出来的洒脱和不在意，只是周遭事物没能让她伤筋动骨。在外人的眼中，沈颖是一个无感的人。丈夫同样如此，四年多以来，他默许婚后聚少离多的生活。刚结婚那会，他曾说过调岗。当沈颖说不想影响他工作的前景后，丈夫有了明显的晋升，从年轻的技术员，作为部门骨干进行栽培，成为部门的小主管。公司越来越离不开他，他不善交际，性格不够圆滑，一直没有从技术岗位转到管理岗。那些年，他跟着项目部建设基站，调配机器，地点散布在西南的崇山峻岭中。随着全国基础设施的逐步完善，他从国内事务部，调到了海外事业部，跟随国家制定的战略发展去第三世界国家。在非洲的半年中，丈夫生了一次疟疾，暴瘦十几斤，差点死在赞比亚。丈夫身体康复回家探亲时，沈颖从行李箱中，找到一瓶药，英文字母，上网查一下，是非洲当地用于壮阳的。沈颖放回原处，当这事没发生过。此后，丈夫主要是去巴西、中东等国家。时差和对各自生活的陌生，让他们形成了一种默契，不突然打电话，每天定时发几张生活照，并不期待对方能及时回复。沈颖所发的多为自己做的饭，女儿的生活照，文字多为，女儿又学会了什么技能。丈夫发来工地照片，偶尔也有街景，拉丁美洲妇女们古铜色的身体，阿拉伯妇女蒙着黑纱。图片中出现的外国文字，和烈日下失真的景象，让沈颖心生感慨，她和丈夫是在不同的两个世界中。沈颖专门辟出一间卧室,存放丈夫从国外带回和邮寄的物件,里约热内卢的基督像、玛雅文化的木雕和金属饰品、亚马逊热带雨林的明信片、阿拉伯面纱、波斯花纹地毯、五彩斑斓的金属茶具。这些在当地随处可见的地摊货,放在货架上养灰。有次,丈夫寄回来一个骆驼头骨,足有桶装纯净水那么大个,如上漆的根雕,只有那一排白色的牙齿,表明这确实是动物。沈颖装回纸箱,堆在储藏室。他从来都不问,沈颖究竟喜欢什么。

  丈夫每次回到家,也会有相同的感受,他不知道剪指刀在什么地方,厕纸用光了不知道去哪里找,不留意新添置的家具,不清楚女儿喜欢什么样的动画片,满屋的毛绒玩具,都分别在哪里买的。女儿怎么突然学会了说话,看着贴在墙上的识图表,准确叫出水果和动物的名字。晚上,他躺在自己的卧室里,调整时差难以入睡,起身到客厅里,陷在沙发,一声不响。出差前,他在女儿脸上留下吻。沈颖照例叮嘱路上慢点。防盗门关上的瞬间,他看不到沈颖脸上松弛的表情,女儿活脱地在地板上打滚。沈颖也看不到,丈夫出了楼道,拖着行李箱走在小区里,因内心雀跃,性格腼腆的他会对路过的人点头示好。

沈颖没有心思去深究，当初怀孕是丈夫的处心积虑，还是真如他所说的，情到浓处，没有及时抽身而出。初次见面，相亲的饭局上，他说想要尽快结婚，生个孩子，并抚摸着微秃的头顶，自述三十了（比沈颖大四岁），现在孩子出生，还能看到我有头发的样子。又对沈颖说，二十五六刚好是女性最佳生育年龄。沈颖听了不舒服，这人太不会说话了，活该找不到老婆。几天后，他又再约沈颖出来，先是道歉，摆出一副倾听的姿态。沈颖忍不住想笑，不明白他是会变通，还是结婚心切。沈颖闪婚，让周围的人不可思议。她说碰到合适的了。国企，工作稳定，收入可观，频繁出差，性格温和，趋向冷漠。他俩有着相近的生活理念，可以成为生活伴侣。丈夫和父母的关系也不好，父母在外地，不会频繁介入他们的生活。两个人畅想未来，心知肚明，要尽可能保存自己的习惯，而不是彼此迁就。他们对彼此过去的经历不太了解，一些道理是沈颖后来才明白，宽容大度和相敬如宾，是感情稀薄的体面说法。

有时，沈颖怀疑丈夫的性取向，还是他在外面有另外的女人。短暂团聚时例行公事的几次夫妻生活，没有长久分别后的热忱和欲望。他们的姿势固定——

侧躺后入；习惯在黑暗里——羞于展露各自的身体，或者是观摩对方的；前戏简单——敏感部位的揉搓，亲吻遵循社交礼仪；时长有限——有几次沈颖都忍不住想劝他去医院看下；没有结束后的亲昵——他起身回到自己的卧室，沈颖擦拭下体。他们从没有深入讨论过性，对分隔两地时性上的需求，也有意回避。或许认为在性上的冷淡态度，足以打消彼此的担忧。如果没有遇到陈子凯，沈颖也以为自己就是性冷淡。沈颖想，既然自己如此，丈夫也会有，或者将来也会有。揣测到最后，变成了一种沾沾自喜和愧疚并存的复杂情绪。

未婚先孕，确实不在沈颖的计划中。当时公司的同事小任，正想尽办法让沈颖信耶稣。话说不到两句，小任就说，答案都在《圣经》里。又说，我是主的子民，你也是。沈颖不认识其他的主的子民，也不清楚小任是本来就如此，还是主把她改造成这样。小任性情和善，衣着简朴，工作能力一般，上班时间不开小差，下班时间一到，也绝不加班。劝别人信教时，姿态有点低，热情主动，平时不卑不亢。早晨，小任喝豆浆和吃鸡蛋时说，感谢神给我们生活中如此丰盛的预备，求这食物能加添我们身心的力量，让我们身心都饱足，让我们怀着感恩的心领受主的恩典。中午在食堂，小任面对餐盘，闭上眼睛，双手紧握，放在胸前，重复同样的祷告语。小任看着沈颖说，你信主吧，你信了，饭前祷告，我们可以手拉手一起。沈颖不堪小任的骚扰，说自己会考虑的。小任拉着沈颖去过几次三院对面的天主教堂，坐在狭小的礼堂听圣歌。祈祷时，小任手握拳头，一脸虔诚。沈颖心想，如果能完全相信一件事，也是幸福的。后来，沈颖不愿意听小任布道时，就说，我们一起祷告吧。两个人闭上眼睛，握住手，静默片刻。怀孕后，沈颖没有做好当母亲的准备，让小任陪着她去流产。当晚，小任从几公里外赶来，搬出教义，情急之下，用沂南口音说，恁这是要下地狱的。

四年多过去，沈颖有时看着女儿，还会想到小任，按照基督教说法，她应该是孩子的教母。当初小任送的《圣经》，如今还放在书架里，黑色封皮，书顶、书根、书口三面为桃红色，内页的纸张薄软，没有任何的折页和卷皮，不是保管得当，而是沈颖并不经常翻阅。她阅读《圣经》的习惯是固定的，既然主如此神通广大，那么随手一翻，冥冥之中的旨意，去领会就可以了。这天晚上，沈颖披头散发，又把《圣经》抽出来，一个人坐在客厅里,摊开《圣经》。今日不同,陈子凯又一次提分手,过去提还留点余地,可以当朋友,也可以见面。这次,陈子凯放下狠话,就当他死了。

你们听见有话说:"不可奸淫。"只是我告诉你们:凡看见妇女就动淫念的,这人心里已经与她犯奸淫了。若是你的右眼叫你跌倒,就剜出来丢掉,宁可失去百体中的一体,不叫全身丢在地狱里;若是右手叫你跌倒,就砍下来丢掉,宁可失去百体中的一体,不叫全身下入地狱。——《马太福音·论奸淫》

又有话说:"人若休妻,就当给她休书。"只是我告诉你们:凡休妻的,若不是为淫乱的缘故,就是叫她作淫妇了。人若娶这被休的妇人,也是犯奸淫了。——《马太福音·论离婚》

所以我说,且在主里确实地说,你们行事,不要再像外邦人存虚妄的心行事。他们心地昏昧,与神所赐的生命隔绝了,都因自己无知,心里刚硬。良心既然丧尽,就放纵私欲,贪行种种的污秽。你们学了基督，却不是这样。如果你们听过他的道，领了他的教，学了他的真理，就要脱去你们从前行为上的旧人，这旧人是因私欲的迷惑渐渐变坏的。又要将你们的心志改换一新，并且穿上新人，这新人是照着神的形象造的，有真理的仁义和圣洁。——《以弗所书·旧人和新人》

再者，你们晓得现今就是该趁早睡醒的时候，因为我们得救，现今比初信的时候更近了。黑夜已深，白昼将近；我们就当脱去暗昧的行为，带上光明的兵器。行事为人要端正，好像行在白昼；不可荒宴醉酒，不可好色邪荡，不可争竞嫉妒。总要披戴主耶稣基督，不要为肉体安排，去放纵私欲。——《罗马书·白昼将近》

翻到后半夜，沈颖在沙发上睡着了，梦中耶稣现身，穿着长袍，悬浮在半空中，伸出手掌，覆盖住她的整个身体，轻轻抚慰。沈颖跪伏在地，失声痛哭，问，主啊，我该怎么办？耶稣没说话。哭醒后，她枯坐到天亮，等手机闹钟响后热奶、做饭，给女儿穿好衣服，水杯添满，挎着书包，融入早高峰的车流中。

到了幼儿园门口，目送女儿进校门。早高峰过后，沈颖来到植物园的停车场，坐在车里，从后视镜望着后座的儿童座椅，脑海中浮现出去年她把儿童座椅卸下来，和陈子凯在后面做爱的画面，反胃，干呕了几声，慌忙找纸巾接住。她打开车窗，头伸出去，不远处的环卫工循声看过来。沈颖下车，把纸巾捡起来，进车关上车窗，放下遮阳板，拉开镜子，里面的自己神情萎靡，脸色憔悴，眼角耷拉。她想找个人倾诉，她想知道外人眼中的自己是什么样的，又会怎么评价她和陈子凯的感情。

几个月后，在一档名为《夜线》的普法栏目中，播放完片子，回到演播室。那位坐在嘉宾席上的女心理学家，是这么定义沈颖和陈子凯的关系的：我觉得我可以在整个故事的叙述中，找到证据证明，这个女的其实是非常寡情的。比如，开始介绍，她丈夫一直是在外面养家糊口的，因为她是全职太太，所以她并不挣钱，而且她丈夫忙到几个月都回不了家，在这种情况下她干什么呢，她吃吃喝喝，她上网撩闲。然后，她慢慢地觉得感兴趣了，就开始跟人家发生实打实的关系，然后拿丈夫在外面辛苦挣来的钱，填活小白脸，一给给好几万，所以这种人，而且她有孩子，你说这种人，她多有感情，我不这么认为。我们人不是精神分裂的，如果她感情充沛，那她只要是有感情，她动感情，就是感情丰沛的，那我们假设，如果她跟一个人搅和得这么深，她也没跟她丈夫离婚，还是对她丈夫有感情的，但是她做的这些事，你听上去对她丈夫多么无情，所以我认为她是个无情的人。至于她和这个男的，其实整个的故事叙述，无论是这两边谁，你都能感觉到这关系，是由这个女性一直在推动的，而且是由她一手掌控，所以实际上，她后来买凶杀人，把这男的搞成重伤，和她先前的很多举动是一致的，这个人的性情是统一的，就是这个人相当的偏执，原本关系要怎么加深，由我说了算，开始结束得由我说了算，怎么能你说断就断呢。

三　照片

沈颖打开车窗，清新的空气让她昏昏欲睡。手机放在旁边，屏幕上播放着动态的照片，是几个月前——年三十晚上，沈颖用手机软件制作的，记录着她和陈子凯的点滴。

花　瓶

沈颖和陈子凯决定见面。在家中安装的监控录像中，这十来天，沈颖照旧六点多起床，准备早餐，七点多和女儿出门，不到九点回来。也有细微的不同，沈颖穿着睡衣，走出卧室，因缺乏睡眠，动作有些迟缓，女儿吃饭时，她两只手托着腮，还在打瞌睡。有几次，时间来不及，沈颖没有让女儿刷牙。在穿衣镜前，为节省时间，没有给女儿扎步骤繁琐的小花辫子，只是简单梳了个马尾。晚上，八点多刚过，沈颖就催促女儿上床睡觉，不久，她蹑手蹑脚走出卧室，来到客厅，靠在沙发上抱着手机。此后的四五个小时中，除了中间去厕所，她在沙发上姿势偶尔调整，从坐到侧躺，然后趴着，因聊天内容，中途会短暂放下手机沉思片刻。摄像头无法准确捕捉到沈颖脸面羞红的质地。手边的酒杯，频繁倒出的红酒，助兴和逃避，两者皆有。

　　交谈中，沈颖对自己家庭主妇的生活，总是几句话带过，涉及丈夫和女儿的话题，会让她对自己眼下的行为（夜深人静，趁着女儿入睡，和一个年轻的异性聊天）感到羞愧。善解人意的大姐，是沈颖的自我定位，她更愿意听陈子凯讲。技校毕业后，陈子凯离开家，来到城里，和境遇相仿的一帮哥们在火车站附近晃荡，干过一段时间的酒吧服务员，当过网管，怀揣着朴实的出人头地的梦想，妄图过上社会大哥的上流生活，终因小团体凝聚力的缺乏，在火车站派出所的整治行动中，失去了赖以生存的土壤，各奔前程。陈子凯见识到警服的威力，应聘成了一名辅警，干了不到半年。对于这段日子，他粗略地说，这里面故事多，有机会我好好和你说。这既是故意留话，也是对往事的回避。沈颖说，你什么时候想说了再说。陈子凯在谈及跟着堂哥干活时，充满了感激，下次回家上坟时，要多给堂哥烧点纸，把和沈颖这件事告诉他。亡灵庇佑下，升腾出一股暧昧的气氛。后来，陈子凯送过快递，在工厂下过车间，一番折腾后，又回到安装监控的路上。没什么本事，靠力气过活，陈子凯的这段自我总结，背后透露出的上进、吃苦形象，让沈颖心生疼惜外，多了一番好感。

在沈颖一步步的引诱下，陈子凯又说了下平时的生活状态，他和另外一个同事租住在道庄小区，没有双休日，公司分配什么活，就和同事过去干。工资三千出头，除去租房等花销，剩下的钱寄给家里。他不怎么回家，农忙时会请几天假，回去帮着干点活。陈子凯发过来几张工作照，戴着安全帽，穿着工作服，没露正脸，体魄可观。工作场所有些在室内，有些在旷地。环境脏乱，仅看照片，就令人感到灰尘呛人，汗臭熏人。有一张是陈子凯送外卖时期，夜晚的街头，几个穿着美团外卖服的小哥，在王府井的一家店铺前抽烟等活。陈子凯问，你觉得哪个是我？沈颖说，右边第二个，跷着二郎腿靠在车座上抽烟的那个。她没说的是，里面的这些人，她觉得这个小伙长相最顺眼。两个人又聊起，陈子凯送外卖是哪一年。沈颖所在的名尚国际小区，陈子凯也经常去送，怎么就没遇到过呢。沈颖出于健康饮食的考虑，从来不订外卖，在小区时常看到一闪而过的外卖员，说不定曾擦肩而过。

这些照片，脱离了沈颖过往的生活经验，大街上随处可见的外卖小哥，他们不再是手机软件中的统一头像，是有血有肉的个体。陈子凯犹如一块泥土，放在沈颖客厅的木地板上，长出了野草，小虫子爬出来。沈颖把他当成一块盆景，小心翼翼捡起来，摆在台子上，添置上山石，通上流水，放上干冰，烟雾缭绕，形同仙境。每天，她定时端详几个小时，心情通畅。陈子凯提出想看沈颖的照片。沈颖打开手机相册，不同滤镜下的眼睛、嘴巴、胳膊、大腿，她热爱摄影，习惯记录下特定状态下的自身或周遭事物，展示局部而不是整体。十几天后，周六的下午，沈颖和陈子凯相约见面，也是动态照片中看到的第一张照片——宝石商务大厦，二十七楼顶层的咖啡馆，露台的隔间，摆放在餐桌上的青色瓷器花瓶。下午还有些耀眼的阳光，斜照在花瓶上，在条纹画布桌面上投射出一道影子，沈颖调成黑白。照片的背后是沈颖焦急等待的内心，从早上起床，不对，从前天晚上决定见面，她就焦躁急切，像是迎接一次考试。直到这天到来，化妆，穿衣，出门，送女儿到十五楼的拉丁舞培训机构，她坐上电梯继续上楼，提前半个小时坐在隔间里，盯着青色、细长柔滑如脖颈的花瓶，拍下照片。

　　沈颖告诉自己，这只是普通的朋友见面，却又无法压抑住内心在这段时间密切交谈中逐渐滋生的情愫。她不时望向门口，秋天的阳光，突然耀眼无比。陈子凯出现，眼前的世界像是胶片被曝光。过去良久，沈颖才回过神。女儿三点半下课，还有两个半小时，他们对坐喝着茶。记忆中，他们总是不停地笑，陈子凯不停地倒茶，一壶热水喝光，又要了一壶，直到把茶水泡得喝不出任何的味道。多半是在重复过去聊天的内容，冰冷的文字，从对方的口齿之间再次说出来，有了味道，有了笑容。陈子凯说得多一点，沈颖主要是听，在笑。时而抬头对视，沉默片刻，局促的男女又急切到因同时张口说话，再羞怯到低下头。

陈子凯裸露在外的皮肤——脸部、脖颈、胳膊，黝黑中点缀着晒斑，与沈颖平日里涂抹防晒霜以及妆容显示的白皙皮肤，有明显的色差。一个小时过去，他还没适应眼下的环境——空中飘荡的悦耳钢琴声，木质装饰和随处可见的绿植营造的闲适，问沈颖是不是经常来这里。沈颖说，不常来。后续的时间，他俩保持着这种试探性的谈话，谨小慎微，却又明确不知道如何再进入彼此的内心，相互渴望与被尊重交织出疏离感。后来，沈颖反复回忆这次见面，陈子凯有种和出身、学历、年龄不匹配的气质，和自己想象的完全不同。他有分寸，在不适的环境中维系着内心的自卑，眼神中流露出来的炽热，让沈颖心里发慌，只好去躲避。或者是阳光，沈颖往椅子里坐了一下，看向窗外。对面的人民公园正在整修，从半空中望去，几个工人在蓝色的围栏里面忙碌。陈子凯目光跟着探下去，枝繁叶茂的松树下面，工人时而出现，他感受到切身的辛苦。沈颖托着脸，公园里的湖中没有一只游船。她说，我好多年，没去里面了。

当天晚上，沈颖和陈子凯讨论白天的见面。陈子凯说，每次都不敢抬头看她的眼睛，担心整个人要陷进去。沈颖打开一瓶红酒，在酒精的借助下，她第一次略有撒娇的成分说，你的眼睛也特别好看。陈子凯又说，你一点都不像是三十岁的人，感觉比我还小。沈颖心想，他当然不知道，自己为了保持纤瘦的身材，在运动和节食上所做出的努力。他又说，道别的时候，看着你的背影，我心里想，这么好的姑娘，自己配不上。对，是姑娘，不是女人。过了一阵，见沈颖没回话，陈子凯问她是不是生气了，自责说自己说话没有分寸。沈颖站在卫生间的镜子前，镜中的她，脸色因酒精泛红，短发垂肩，白色的上衣领口松垮，露出锁骨。她反复测试，终于找到一个合适的角度，让自己放松地微笑，拍下照片，发给了陈子凯。

胳膊

上次喝完茶，又过了几天。早上，沈颖把女儿送到幼儿园，驱车来到兴民路的裕华酒店。陈子凯执意选择这个酒店，手机发来酒店房间号码，让她提前过来。昨晚约定好开房后，沈颖在网上查过酒店，上星的希尔顿也只有四五百块而已。为了照顾陈子凯的自尊心，毕竟是第一次开房，沈颖没坚持自己订酒店。沈颖在前台拿上房卡，坐电梯上到六楼，穿过幽暗的走廊，打开门，迎面一股发霉的味道。室内装修老式规整，与当下的时尚简洁相差甚远。地面铺设着红色地毯，墙上挂着水墨画，衣橱和茶几一律是仿红木，电视机还是台式的，给人感觉像走进了机关单位的招待所。洗漱间的开关和喷头上面是斑驳的锈迹，浴缸表面发暗，窗户积攒着常年的粉尘。巡视一番后，沈颖心里闪过一丝的埋怨，紧接着意识到自己过于挑剔，想到一会要和陈子凯共处一室，她坐立不安，打开电视机，安静的房间里有了些声音。她去卫生间补妆，嗅了下毛巾，有股消毒水的味道，褪下裤子，蹲在马桶上，深呼吸了几下，想把自己清洁一遍。

　　沈颖站在窗口，看着外面。这些年，她很少来东城区。作为工业区，东城分布着化工厂、水泥厂、农药厂、发电厂。前些年政府治理污染，这些企业纷纷搬迁到南部山区。为节省治理成本，这些企业几十年积攒的化工废料，填埋在地下，至今空气中弥漫着呛人的化学气味。在工厂原址新建的各类楼房，没人购买，西城区的房价已经过万，东城区的楼盘还在大肆促销，价格不到西城区的一半。有条件的市民，早就在西城区买房安家，住在东城区老旧小区里的，大多是像陈子凯这样的外来务工人员，或者是家境不好的。

沈颖从小在东城区长大,从窗户向东南方向望去,繁华的小巷后面,有一排两层带门楼,坐东向西的建筑物,砖石结构,硬山灰瓦顶,是日军侵华时修建的战俘集中营。早些年租给收废品的,院落里堆满了各类废品,夏天路过臭气熏天,尤其是雨后,污水横流。等沈颖上初中,租户被清走,路边竖立上第五批山东省文物保护单位的石碑,一番修缮后成为抗战历史馆。学校组织参观接受爱国主义教育,进入里面,巨大的墙体上只留着一个通气的窗口。解说员说,这里最多时住满上千人。北边一片低矮的房子,是新华制药厂的老厂区。厂房还在,墙体上粉刷着褪色的标语——安全生产。尘封的记忆涌现,低矮平房中间的篮球场——她在上面学会了拍球,食堂前面的两棵梧桐树——母亲领着她去打饭。沿着墙面的粗大供热管道,每到冬天都升腾起巨大的白雾,沈颖总是躲着走。沈颖想,如果母亲还活着,知道此刻自己的举动,会是什么样的态度。自从母亲走后,沈颖所过的生活,又有多少符合她的预期。

　　远处是若隐若现的山影,成千上万年形成的地貌。眼下的车水马龙,只是人类几十年所建造的。沈颖从来没想到,会站在这里,看着曾经生活过的地方,等待陈子凯的到来。从小到大,她都是在男性缺位中度过的。父亲不在身边,婚姻如同虚设。陈子凯对自己又意味着什么。敲门声打断了沈颖的思路,陈子凯手捧着一束从便利店买的简单花束,站在门口,身上携带着户外的阳光和热量,语气急促地说,也不知道你喜欢什么花,随便买了把。进屋后,两个人拘谨地面对面站了会,陈子凯打开手里的塑料袋,拿出两瓶饮料。沈颖瞥见里面的一盒避孕套。在先前的聊天中,沈颖说希望陈子凯主动点。谋划好的步骤,在现实面前,一步步偏差。双方从理想状态下逃脱,适应眼下,打破任何一丝的沉寂,继续往下推进。陈子凯先去洗漱,沈颖听着传来一阵阵水声,坐在沙发上调整不到一个舒服的姿态。房间里光线过于明亮,起身把窗帘拉上,又过于灰暗,暗示太过明显。她调试着各种灯的开关,测试后,固定到床头灯。陈子凯裹着浴巾出来,问沈颖要不要去洗一下。沈颖说,过会。

　　他们坐在沙发上,喝着饮料,吞咽着欲望中的渴望,眼神流转,找不到一个落脚的地方。应该买点酒的,陈子凯说完,把手伸过来,抓住沈颖的手,她的身体从手扩展到全身,逐步石化。拉着的窗帘把阳光隔绝,房间变成洞穴,又像是堡垒。后来,他们总是把两人独处时的密闭空间，如此比喻。堡垒——狭小、自由、坚固，以及见不得光。一番触摸，沙发限制了身体施展，陈子凯索性把沈颖抱到床上。沈颖腾空而起，不禁轻声喊叫了一声。身体陷进床垫，沈颖快速拽过被子，盖住身体，她头晕目眩，不知如何去应对陈子凯的身体，拒绝和迎合都过于刻意。她强忍着喊叫，不想表现得过于主动，又无从招架，欲望积蓄在胸口，闷热，羞愧，和平时与丈夫为数不多的草草了事不同，她感受到自己在被渴望和占有，不知觉间，身上的被子扯掉，她完全袒露，试着去顺从，陈子凯的双手和舌头，游走在她身上敏感的部位，耳朵，脖颈，大腿，下体，身体宛如碎片要破裂，分崩离析。她喘息着，发烫的双手抚摸着陈子凯的后背，肌体结实，她不可避免对比丈夫的柔软。传来击水声，沈颖睁开眼，仰视着陈子凯，她担心腹部剖腹产留下的疤痕，以及腰腹部的妊娠纹，让陈子凯看到，搂抱住他，汗水润滑，身体贴合在一起，没有任何的缝隙。事后，陈子凯说她太瘦弱，身板薄得像是个孩子。沈颖愣了一会，不清楚他这句话是赞美，还是对自己的身材失望。她摸索着被脱掉的内衣，想遮掩住日渐衰老的身体，还未起身，陈子凯又把她压在了身下，吻住她的嘴巴，两只手揉搓了会乳房，再往下滑，沈颖摁住他的手，问道，你爱我吗？陈子凯没搭话，手挣脱开，探到下面，托起沈颖的屁股。肌肤上的汗液尚未干透，又冒出新的一层。电视机屏幕的亮光，让漆黑的天花板明暗交替。沈颖大口喘息，口渴难耐，双手空空，抓不到能让自己恢复冷静的开关。

窗帘拉开，晌午阳光照射进来，床上惨白一片，沈颖躺在床上拿出手机，拍下另一条胳膊上被陈子凯掐的青紫的部位。一切又恢复了正常。她光着脚，盘腿而坐，看着陈子凯穿着内裤，弯腰把地毯上的卫生纸和避孕套捡起来扔进垃圾桶里。眼前的一切，让她意识到，自己对陈子凯的过去是如此陌生。他的过去，远不是闲谈中的自我描绘。眼前的这具身体，黝黑的皮肤——膝盖到胸口的颜色与四肢和脸色调明显，细密的毛发——会阴部位和两条腿，没有赘肉的身躯，关节明显的双手。沈颖身体酸痛，回想陈子凯不停变换的各种姿势以及熟练程度，超出了她的预想。在性这方面，太过娴熟。而他，是沈颖的第二个男的。此前，她只和丈夫做过。沈颖说，讲下你的事吧。陈子凯转过身问，什么事？沈颖问，你和几个女的上过床？问完，沈颖就后悔了，不应该这样苛求，答案也必定会让自己失望,可内心又残留一丝的希望。何况从道德层面来说,她有家庭,是她出轨了。沈颖忙补了句,不说,也没关系。

　　陈子凯的第一次性经历,发生在技校。晚自习的间隙,他和隔壁班的女同学,钻进校园后面的桃园。四月份的天气,满树的桃花刚在一场雨水后凋零,严密细小的树叶遮挡住几米远路过的同学们的视线,在桃花清香和泥土湿润的味道中,女同学弯腰,手扶着树杈,陈子凯褪下两个人的裤子,凑上去,同学间传阅的小黄书里频繁出现的顿号和象声词,并没有让这对少男少女懵懂的性事持续太久。匆忙和迷乱,长久留在了陈子凯的记忆中,一如他此刻,只说出了,第一次在技校。背后的记忆,难以用他匮乏的词汇,再去传递。后来进入社会,他找过几次小姐。在火车站旁边的小旅馆中,房间隔音极差,在周围伙伴们此起彼伏的喊叫声中,比自己年长的粗陋小姐们,打趣着他的包皮,催促他用力。性欲发泄后的失落和孤单,以及当时他灰暗的处境,对用金钱解决生理问题的厌恶,他还没来得及诉说。沈颖表情凝固,脸色发青,深吸一口气,收拾东西要走。

　　陈子凯从刚才坦白的淋漓情绪中醒悟,后悔自己说得太多，沈颖并不是以往那些女的，以轻松的心态，为性爱后的空虚找话题，来听自己炫耀的。陈子凯抱住沈颖问，你要去哪？沈颖身体颤抖，去挣脱，你让我走。陈子凯问，你怎么了？沈颖摇头。刚才是你问的，陈子凯松开手说，那好，你说下你几个。幼稚，沈颖说，我没你这么随便。陈子凯当然不相信自己是沈颖的第二个男人。他抱住沈颖。沈颖挣脱，让他放手。一番拉扯，沈颖终于说出了憋在胸口的话，你把我当成什么人呢？和你以前那些女的一样，就想随便玩一下吧，以后你也会这样和别的女的说，和一个三十多岁的女的上过床，哭哭啼啼的。陈子凯抱紧沈颖说，不是你想的那样。沈颖力气用光了，瘫软下去，感觉自己在萎缩，胸口发紧，如同被图钉扎满，拔不出来，声音发闷，又说，我感谢你的坦白，没事，我不会缠着你。陈子凯伏下身子，表情痛苦，不停地说，不是你想的这样。过去的经历，无法抹去。

　　太阳偏西，阴影吞噬房间。幼儿园四点半放学，已经快四点了。沈颖不想再这样拉扯下去，说，你还有什么要说的。最后通牒的严峻气氛中，陈子凯眼睛泛红，说，你和她们不一样。又问，我们还会见面的吧。又说，你给我机会说清楚。沈颖最终屈服了，伸手抱着陈子凯,闻着他身上的味道,图钉一颗颗拔起,细孔仍在,愈合还需要些时间,伤疤已经留下。在去接女儿的路上,沈颖脑海中一直浮现着陈子凯的脸,她太久没如此端详过一个异性的五官,庞大如天空,细致如指纹。沈颖吃惊地发现,一向讨厌汗味的她,一点都不讨厌陈子凯身上的味道。红灯,沈颖停下,掀起上衣,深吸了一口上面残留着的陈子凯的味道。人是应该向前看,而不是纠结过去吧。沈颖这么想着,微笑着,脸色羞红,后车鸣笛提醒,已经是绿灯了。发动汽车,缓缓而行。

山 林

上次开房后,沈颖和陈子凯晚上还照常聊天,开始的两天有些生疏,刻意回避上次的失态,谈话的内容也多为问候和询问对方在做什么。客套的表象之下,暗涌着渴望。这么多年,沈颖还是第一次试图走进一个人的内心,事无巨细地探究对方的隐私,这完全不符合她过去的性格。多年建立起来的观念,以及束缚在沈颖身上的道德,瞬间土崩瓦解。感情没有对错之分,自我说服后,扎在沈颖内心的另一个木桩,是陈子凯本身。

有些话,她没办法向陈子凯明说,匮乏的性经验与洁身自好挂钩,再去批判他的滥情。沈颖有些沉迷于这段关系,伴随着身体疼痛感消退的是日渐膨胀的思念,脑海中经常浮现灰暗的酒店房间里肆意交媾的肉体,那种被操纵后的充实感。从小到大,沈颖对父亲抛家弃子的鄙视,反过来落到自己的身上。她看着镜子中的自己,浮现出父亲脸上那种熟悉的胸有成竹又心怀不轨的神情。

沈颖没经历过产后身材走样的困扰,成年后的她身高一米六五,体重不足一百斤。十月怀胎时体重破百,产下女儿,哺乳期中补给营养和熬夜辛劳抵消,体重迅速回落。除了时而漏尿,阴天下雨腰椎酸痛,沈颖没有产后不适。这些年,沈颖把精力都放在女儿身上,生活单调,如今潜在的欲望压制道德感,以补偿的姿态回噬。陈子凯一直在问,什么时候下次见面。沈颖不确定,他是否只想保持简单的肉体关系。

一天晚上,沈颖喝了半瓶红酒后,躲在阳台给陈子凯打电话。她声音哽咽,说,如果我们只是肉体关系,就到此为止,不要再联系。我爱你,传到沈颖耳朵里。他们之间,第一次上升到爱的字眼。夜里,下起了雨。闪电在夜幕,画出人体的毛细血管,又转瞬即逝。两个人倾诉连日来的思念,以及上次见面的诸多细节(终于回到两个人身上),不知道说了多久,一直到手机没电。最后,他们约定尽快见面。第二天早上,沈颖被女儿的哭闹声吵醒。女儿出生后,只要她夜里有一丝动静,沈颖就会醒来给孩子盖好被子。昨晚她喝多了,睡得太死。女儿着凉,全身发烫。这两个月,女儿还在适应幼儿园的集体生活。幼儿园里孩子多,交叉感染,不是咳嗽就是流鼻涕,一直在吃药。这次发烧,更是没办法上学了。沈颖找来退烧贴,贴在女儿的脑门上,又端来凉水,用毛巾擦拭物理降温。沈颖告诉陈子凯,今天没办法见面了。一连几天,沈颖带着女儿去医院打吊瓶,等女儿身体好转后,自己又病倒了。

转眼到了九月下旬,丈夫在南非的项目提前完工,正好连着十一假期,可以在家多待几天。丈夫本来计划一家三口去日本旅游,来不及办理护照,加上女儿身体刚恢复,还有些虚弱。考虑到外地的景点游客多,他们决定去附近山区的民宿住上几晚。中国和南非时差六个小时,丈夫半夜里要起来处理工作,他们开了两间客房。女儿入睡后,沈颖照常和陈子凯聊天。这间民宿，离陈子凯的老家，直线距离不过几公里。陈子凯想晚上过来，在旁边另开一个房间。沈颖极力反对，给他发了几张只穿着内衣的照片，安抚他说，再忍几天。

假期还没结束，南非发生地震，刚搭建好的基站损坏严重，当地政府抢修，专业人员缺乏，丈夫临时被调回去。假期结束，女儿上学，沈颖盼望已久的见面，还是没能实现。陈子凯被公司派到潍坊下面的一个乡镇，穿梭在工业园区里的各处车间，按照设计好的图纸，扛着梯子爬上爬下铺线，再拿着电钻打孔安装摄像头，反复调试后等待验收。晚上，陈子凯躺在临时搭建的钢板房里，工友们呼噜声四起，他告诉沈颖，人手不够，不知道啥时候完事。沈颖吸取上次女儿发烧的教训，不再用喝酒来排解内心的思念，互道晚安后，她看着照片中的陈子凯——戴着安全帽，笑容灿烂，背后是三层楼高钢筋结构的车间。在备受煎熬中，一个星期又这么过去了。

十月下旬，天气转凉。沈颖开车接上陈子凯，一个月没见，两个人只是笑。陈子凯看到后座上的一大袋零食，又打量沈颖的一身装扮，笑着说，你像是去郊游的学生。沈颖穿着一身黑色修身运动服，原本齐肩的头发扎成马尾，戴着墨镜直视前方，说，后面有水，你拿着喝。导航设定在陈家峪，三四十公里的路程。陈子凯说，我给你指路就好了，不用导航。沈颖说，习惯这样了。陈子凯坐在副驾驶上，不时歪头看着她笑。出了市区，顺着张淄路南下，进入省道。两旁的田野中，玉米都已经收割，播种的小麦还没冒头，并不显眼。驶入乡道，路上一块一块晾晒着玉米，边沿放着木棍、石头等阻碍物。路本来就狭窄，来往车辆避让，车速缓慢。陈子凯剥开橘子，投喂沈颖，又故意让她吃不到，沈颖笑了出来说，讲讲你家里的事吧。陈子凯说，都和你说过。沈颖说，我想听你亲口说。

看着越来越熟悉的乡道，陈子凯说，上技校那会，就是这条路，每个月都要坐公交车去县城。陈子凯学习一般，家里交钱，勉强让他念的技校，汽修专业，好歹以后有个养家糊口的手艺。三年学期，陈子凯在校时间不到一年，不论是课本上的机械知识，还是面对摩托车和汽车，钻车底，沾一身油污，都不符合当时他叛逆的心理和对未来光鲜生活的追求。旷课，在网吧打游戏，五六个男女同学终日在县城里游荡。生活费花光后，陈子凯用课堂上掌握的专业知识，偷过几辆摩托车。他们没有发展成偷盗团伙，和自己的懒惰，以及大街上普及的监控有关，倒不是畏惧法律。

　　说完这些，陈子凯头贴着车窗，外面是导航上显示的七八公里的状如人体小肠的盘山道路。在某个留出停车位的转弯处，两个人下车，站在崖边，对面的山丘以及山谷中枫叶斑斓，黄色、红色、褐色，如颜料泼洒。沈颖说，国庆节那会，没有这么好看，随即拿出手机，拍了照片。面对山谷，沈颖伸展腰肢，昂头呼吸。陈子凯说，去太河水库吧，就在前面。十几分钟后，他们来到太河水库的观景台——伸向水库的一块空地，划出了几个停车位，已经有几辆车停在那里。过去的夏天，降水不少，东西向的山丘间，碧绿的水面绵延十余公里，望不到边。陈子凯充当解说员，这是城区的主要水源地，又说，当时修水库，动员了十几万人。四五十年前，没有现在的大型机械，就靠人力和骡车，死了不少人。我爸还不到十八岁，跟着来干活，碎石滑坡，腿砸断了，成了瘸子。干不了重活，学会了修鞋，陈子凯说，瘸子不好找老婆，三十多了经人介绍，才认识的我妈。×他妈的，陈子凯说，不是这破水库，我爸腿瘸不了。我从小不愿意去镇上赶集，修表配钥匙修鞋的一排，就在大集头上。我就不明白，都是残疾人，人家修表配钥匙，他选修鞋，手上整天黑不拉叽的，一身臭脚丫子味。你肯定没修过鞋，鞋坏了直接换新的。陈子凯看了眼沈颖，转头望向水库，其实你不说我也知道，你为什么要来我家，怕我在骗你，你还想知道什么？我家里三亩地，我爸修鞋的，我妈是个农村妇女，他俩都没见过什么世面，一辈子就在这个小山村里，养活了一个不成器的儿子。你生下来就拥有的生活，我这辈子再努力都不一定能达到。咱俩根本就不是一个阶级。我知道，第一次开房，你觉得我选的酒店档次太低，不用你说，我都看出来了。你先听我说，你不是想听我说吗，今天咱就把话说明白了，我憋了一路了，你不愁吃穿，从小不知道缺钱是什么滋味吧，没为钱发过愁，这都写在你脸上了。陈子凯眼里含着泪，对，我高攀你了，别说你了，我连我自己都瞧不上，二十好几的人，什么也没有，和你开房都住不起带星的酒店，我告诉你，这已经是我能力范围内，选的最好的了。

远处的乌云笼罩过来，沈颖内心迸发出怜爱，抱住陈子凯。不时有车辆路过，沈颖拉着陈子凯进了车里，亲吻，拥抱。后来，索性把儿童座椅拆下来，推出车外。两个人在车后座，脱掉衣服。沈颖趴下，头抵着儿童座椅留下的空地,手摸着婴儿座椅留在皮质椅面上的一道道痕迹。她抬起头,望着水库,设想十几万人热火朝天干活会是怎么样的场景,身后的陈子凯拽住她的辫子,喘着粗气,不停地问,爽不爽。沈颖身体像山体爆炸一般,碎石纷纷滚落,掉进水库,水花四溅,又毫无踪迹。

过了盘山公路,是一段沿河正在施工的土路。这些年,政府推动南部山区旅游业的发展,到处大兴土木,修路是头等大事。随处可见路边竖立的各类鸟瞰图,卖点有游乐场、农家乐、瀑布群、民宿,不一而足。陈家峪在山谷深处,依山但不傍水,在四里八乡的众多山村中毫无特点可言。宝马车小心翼翼压过石子,在中午之前到达村口。陈家峪建在山坡上,房屋成阶梯状分布,从村口向上望去,整齐划一的石头院墙,漆黑的木门和上面残存的春联,如同一排排灵位。

陈子凯在车里,指着从下往上数,第三排,右边,院墙里冒出一棵枣树的房子,那就是我家。不时有村民经过。一个中年男的骑着摩托车,沿着小路,向上攀爬。陈子凯说,他叫王会田,他儿子比我大几岁,以前在镇上给领导开车,后来赌博,到处借钱,欠了三十多万,还不上直接跑了,要债的把他们家都搬空了。为这事，王会田他老婆在山里上吊了。家里就剩他自己，快六十的人，干劳务市场给儿子还债。陈子凯指着半山坡，屋顶上架着太阳能、反射着光的房子说，那是我们村主任的家，他爸以前是大队书记，后来又是他，正事不干，就整天治人，附近这么些村，就我们这村最穷。他也干到头了，上个月查出来癌症，据说跑济南住院去了，大家都等着今年吃他家席。一个妇女骑着电动三轮车，车筐里装着几个塑料桶和喷雾器，从车旁经过。陈子凯拽了下沈颖的衣服，这是我妈。又做了个嘘的手势，别说话。沈颖问，阿姨这是干什么去了？陈子凯说，去地里打药，又自语道，这时候给啥打药啊。电动车消失在小路中，不一会，又出现，在家门口停下，陈母头上围着黄色的头巾，看不清长相，身形消瘦，打开门，车骑进去。沈颖说，你不回家看看你妈？陈子凯说，算了，今天不回去了。又说，我带你去看我们家地吧。

车开出村子，一路上又遇到几个村民，陈子凯兴致盎然地向沈颖介绍，叫什么，干啥的，家里有什么故事。沈颖没记住这些人，只沉浸在陈子凯的讲述中，感到两个人的心更贴近了。蜿蜒的土路，不时冒出的山头，一阵风，尘土飞扬。沈颖想到陈子凯从小在这样的环境下，胸口一阵悸动。农田不规则分布在山间，沈颖好奇，这样的地怎么种。陈子凯说，靠天吃饭，粮食能打多少算多少。沈颖问，你会干农活吗？陈子凯说，这有啥不会的，从小就干。前面没路了，车在山脚停下。田间地头栽着柿子树，上面缀满粉红的柿子，有些掉在地上，果肉被鸟啄食一空，只残留着外皮。沈颖站在树下，仰头望着树杈，感叹道，真好看。陈子凯说，现在还太生，发苦，不好吃，摘下来留着，做成柿饼，那样好吃。沈颖看着深灰色的树杈出神，一时间没找到恰当的形容词，像人的手，下面一个关节，伸向意想不到的方向。拍完照片，她踮着脚，折了几根树杈，回去后插进花瓶，摆在书架上。有别于其余定时更新的花瓶，这几根树杈成了沈颖家中固定的装饰，直到后来，她身陷囹圄，才被丈夫扔掉。这是后话。

这天的后续：陈子凯从车里拿出塑料袋，摘了几个柿子，让沈颖留个纪念。时间不早，陈子凯提议吃午饭。在返程的路上，经过路边一个带院的农家乐，他们停下车，点了一盘农家炒鸡，一个香椿芽拌豆腐，一个西红柿鸡蛋汤。上菜的间隙，他们在后院看到两只秃毛的火鸡，垂着脑袋，摇晃着身体，在地上找吃的。菜不好吃，没吃几口，沈颖总是看时间，担心赶不上女儿放学。回程的路上，陈子凯开车，沈颖昏昏欲睡，又不忍心浪费难得和陈子凯相处的时间。中途，沈颖醒来，车正经过桥洞，硕大的桥梁横跨在山体间，一闪而过。此后的许多天，她总想起这样的画面，感慨于人类的力量，又对自己当下的处境无能为力。植被并不茂密的山体，白云飘浮在山顶之上。她清楚，自己越陷越深。

烤 肉

沈颖在希尔顿定了三个小时的钟点房，她提着水果和饮料提前到了，闲坐片刻，烧了一壶热水，泡好酒店免费的速溶咖啡，喝了没几口，门铃响了。陈子凯走进门，嗅到一股清淡的香味，大白天的，窗帘紧闭，房间里只亮着一盏灰暗的床头灯。这是他第一次来五星的酒店，站在酒店门口，经过大堂，穿过走廊，这一路上富丽堂皇的装饰，彬彬有礼的服务人员，让他身上出了一层细汗。同时入住的其余客人，目无旁人的神态，安心等候服务的姿态，更让他自惭形秽，不由脚步加快，急切想要躲进房间。外观奢华，到处明亮一片，照见他灰暗的内心。

　　十几分钟后，性爱过后，窗帘拉开，陈子凯环视房间，心想，原来是这样的。仔细打量，又想，也没什么了不起的。沈颖穿好内衣，倚靠在床头，嘴角挂着笑意说，桌上有水果，也不知道你爱不爱吃。陈子凯问，在这里住一晚多少钱？沈颖说，这你就别管了，没多少钱。陈子凯坐在落地窗边，吃着切好的哈密瓜。中心路上车流密集，马路对面的人流，在路边等红灯，大概是去旁边的万象汇。沈颖说，给我拿点纸巾吧。陈子凯起身，把纸巾盒递过去，坐在床上，看着沈颖抽出几张纸，伸进被子，在两腿中间擦拭。他问，刚才什么感觉？沈颖说，就挺舒服的。说完，挠着头发问，我的裤子呢？陈子凯说，多说点，怎么个舒服法。沈颖在地板上看到裤子，侧身去够。被角掀起，她用手压住。陈子凯把手伸进被子，垫在下面，等沈颖的屁股落在手掌上，轻声喊了一下，随即挪到旁边。陈子凯坏笑，你刚才怎么不喊出来呢？沈颖说，多不好意思。陈子凯说，我喜欢你喊。他一脸兴奋地说，我们聊聊这个吧。他先自我检讨，时间不够长，我有点着急。沈颖忍着笑，已经很可以了。陈子凯说，不行，咱俩不能满足现状，你等会我，这次我加把劲。沈颖扑哧笑起来,你们男的是不是脑子里就想这点事了。陈子凯说,这很正常啊。沈颖说,对女的来说,这点事没那么重要。陈子凯说,怎么不重要,我觉得挺重要的。沈颖看着陈子凯认真的样子,可爱中透着傻气,只好顺势趴在他的胸口说,和你是最舒服的。陈子凯问,真的吗?沈颖说,我从来不知道自己会这样。陈子凯翻过沈颖的身子,头埋下去,说,你身上真香。沈颖说,我们说会话,你又要,你要死了。这次的过程中,沈颖试图喊了几声。陈子凯把中指和食指伸进沈颖的嘴巴,压住舌头。沈颖闭着眼,一阵战栗席卷全身,吸吮,眼角流下眼泪。中途,沈颖睁开眼。陈子凯正盯着她,笑容中有挑衅,也有目的达到后的自满。沈颖用力去挣脱,怎么也掰不动,肢体像两头在打架的麋鹿,鹿角卡在一起,一时分不开。沈颖大声说,不要,不要。陈子凯没有罢休,把这理解为女性情到深处的反话。沈颖求饶。这更刺激了陈子凯,汗水滴落在沈颖的胸口。沈颖抓紧陈子凯的手臂,指甲嵌入,留下的那道痕迹,在中午吃韩国烤肉时还清晰可见。

  沈颖一直给陈子凯夹肉,让他多吃点。陈子凯笨拙地用夹子把肉片放在烤盘上,第一次吃韩国烤肉,手足无措，有些拿捏不好。沈颖接过叉子说，我来烤，你只管吃。陈子凯盯着旁边的食客，学着把肉卷进生菜叶子里，塞到嘴巴，咀嚼了一会，肉汁顺着嘴角滴答下来，他用手背抹了一把。沈颖见状，递给他一张餐巾纸。陈子凯说，不用。埋头又吃了几口，说，以后少来这种地方吃饭，不是我应该来的。服务员端上来石锅拌饭，热气升腾。陈子凯拿着铁勺，把荷包蛋捣烂，一口没动。沈颖说，下次去你那儿，给你做饭吃。陈子凯说，我那地方太乱了。沈颖说，乱我正好给你收拾下。陈子凯拿着勺子说，吃饭吧，别浪费了。沈颖说，我没别的意思，怕你平时工作太累，多吃点。陈子凯手机响了，他看了眼，是经理打来的，他顿了下，没有接，放在桌子上，在振铃的过程中，吃完了盘子里沈颖煎好的牛肉，喝了一杯水问，你觉得我这人怎么样？沈颖问，你指的哪方面？陈子凯无奈笑了，我这些年，除了给墙打眼，啥也不会。沈颖安慰道，你会的我就不会，再说你才二十三岁。陈子凯问，你这么大的时候在做什么呢？沈颖说，刚毕业没两年，也在上班。补说，我还没你会的多。陈子凯说，你不一样，你起码是大学生。沈颖说，现在到处都是大学生，我这大学也是瞎混了个文凭。陈子凯问，你在大学里都干什么了？沈颖迟疑了会，这怎么说呢，你想知道什么，你问我吧。陈子凯想了下，大学里的课难吗？沈颖说，不难，考试前复习下就行，要求不高。陈子凯又问，作业多吗？沈颖说，没啥作业。陈子凯说，那你平时都干什么？沈颖说，没课的时候干兼职，发传单什么的，赚点生活费。陈子凯有些吃惊，家里不给你生活费吗？沈颖说，给，我花得也不多，就是想锻炼下自己。陈子凯点头，你这是体验生活，我这是讨生活。

　　沈颖喝了口水，试图换个话题。自从上次见面后，她设想了很多，要对陈子凯好，比如住好的酒店，吃得好一点，她还想吃完饭再去给他买几件衣服——这两次他都穿着同一套衣服，黑夹克搭配牛仔裤，都有点洗变形了。关键要考虑到他的感受，从今天见面，沈颖听着他字里行间的自怜和不时的挖苦，也有些看不上自己。她看着陈子凯胳膊上的那一道道抓痕，脑海中浮现出先前的缠绵，又有些不忍。沈颖问，你说，要是咱俩那时候认识，会怎么样？陈子凯说，一个女大学生，一个技校生，那你肯定看不上我。沈颖说，那不一定。陈子凯说，我都还未成年呢，你想干啥。沈颖说，那你得喊我姐。陈子凯打量着沈颖，坏笑起来。沈颖问，你笑啥呢。陈子凯说，我喜欢成熟的。沈颖捂住胸口，左右看了下，发现没人注意到他们，佯装怒色，你老实点。陈子凯笑起来，吃完饭，去车里坐会吧。沈颖看着眼前的菜，说，还有个菜没上呢。陈子凯问，什么菜？沈颖说，我还点了个海鲜豆腐汤。她招呼服务员过来，去催一下菜。这时，她的手机响了。幼儿园的班主任说她女儿尿裤子了。挂了电话，沈颖神色紧张，语气带着愧疚说她要赶回去接女儿。服务员把海鲜豆腐汤端上来。沈颖叮嘱说，你把菜吃完再走。陈子凯点头，说，你路上慢点。沈颖起身，离开座位，走了几步，转身说，我已经结账了。目送沈颖走远后，陈子凯拿起勺子，喝了一口汤，味道鲜美，只是有些烫。没等汤再凉会，陈子凯也走了。经理发来信息，内容是：电话不接，信息不回，他妈的是不是不想干了。

尼龙扎带

经理对陈子凯近日来的旷工很是不满。半个月，他和沈颖没找到合适的时间见面。两个人的时间总是错开，陈子凯白天干活，晚上沈颖要陪孩子。陈子凯提过几次，晚上趁孩子入睡后，来沈颖家里。沈颖没有同意。陈子凯没有以往那么热情，让沈颖更加确定，他需要的只是肉体。回顾这段时间来的疯狂和无所顾忌，沈颖委屈不已。有天夜里，她梦见自己全身赤裸站在广场上，晨练的老人们围观着她，指点议论，说各种难听的话。哭醒后，沈颖看着女儿熟睡的脸，把脸贴上去，抱了女儿一会，又松开，脑海中充斥着和陈子凯过往的性爱，感觉自己如此肮脏。她起身去洗澡，抱膝坐在瓷砖上，热水铺洒而下，水积了一层，把脚都泡皱了。

沈颖的生活回归正轨，努力把时间排满。早上，沈颖送女儿上学后，回到家换上运动服，在跑步机上跑完五公里，再冲个凉水澡。十点左右，沈颖开车去超市，采购好未来几天吃用的。回到家，按照食谱，做午饭，她喜欢上了煲粥，美容养颜核桃粥、银耳粥、皮蛋瘦肉粥、山药大米粥……耗时长，有时忘了，把锅烧干了两次。午饭后，沈颖打开电视，斜靠在沙发上睡会觉。下午接到女儿，去商场的少儿娱乐区，陪女儿坐摇摇车、跳蹦床，再去买毛绒玩具。哄女儿入睡后，真正的考验才刚开始。沈颖睡不着，世界成了一个巨大钟表，沈颖听着秒针转动，越听越清醒。几天后的夜里，沈颖内心期盼又害怕的事情还是发生了。陈子凯发来信息，问她最近过得怎么样。低沉的内心，又被点燃。沈颖克制住自己，又不得不承认，这是她本能的反应。钟表消失不见，过去几天的充实，在内心的软弱面前，瞬间被瓦解。她故作轻松地回，挺好的。陈子凯说，我想你了。沈颖问，有什么事吗？陈子凯说，我很想你。

十一月底，陈子凯请了一天病假。沈颖执意要去陈子凯住的地方，给他做一顿饭。在吃什么上，两个人有些分歧。陈子凯一来怕麻烦，二来平时不做饭，家里调料什么的都没有，便推脱说，天冷，适合吃火锅。火锅没什么技术含量，显露不出沈颖的厨艺，但她还是照办。两个人分头行动。陈子凯留在家里打扫卫生，沈颖送女儿上学后去超市采购。沈颖推着购物车，看着展示柜里的各类食材，临时决定加三个菜，清蒸鱼，红烧排骨，虾仁苦瓜。

沈颖远远看到陈子凯站在路边抽烟，不时看下手机，因不确定车从哪个方向驶来，左右张望。沈颖放下车窗，鸣笛示意。陈子凯扔下烟头，指挥着她进小区。小区建于上世纪的九十年代，如今居住的多为外来租户。入口没有门禁，陈子凯走在前面，沈颖开车跟在后面。小区物业处在瘫痪状态，本就狭窄的道路两侧堆放着各类杂物。有那么一会，沈颖恍惚回到二十多年前，还住在药厂宿舍区的时光。车停在一户车库改造的商铺前，沈颖下车，看了眼卷帘门上贴着的转租告示，前面的花坛沦为菜地，居民栽种着几垄大葱。瓜架上枝蔓枯黄，垂着几个留作洗碗巾的干枯大丝瓜，架下放着两把废弃的电脑椅。陈子凯一手提着东西，一手拉着沈颖又走了一百米，来到西南角的27号楼。防盗门年久失修，楼道的白墙上贴着各类开锁、搬家的小广告，层叠撕损，有些直接用油漆喷涂，延伸到顶楼。陈子凯开门的间隙，沈颖抬头，头顶墙皮多半脱落，布满发霉的板块。

陈子凯和同事合租的这套房子，两室一厅，室内墙围淡黄色的三合板多处开胶，裂着口子，网线绕头。简单的家具摆设都是房东留下的，墙角堆着清扫完的垃圾。陈子凯说，刚才下楼忘拿下去了。沈颖问，厨房在哪？陈子凯领着她过去，一个电磁炉支在台子上，煤气灶没用过，陈年的油污已经发毛。沈颖俯身，打开柜子，里面密密麻麻摆放着酒瓶。环绕四周，沈颖问，家里有围裙吗？陈子凯说，我找找。一会，他进来。沈颖叉腰看着摆放在台子上的鱼、肉和菜，碗碟不够，只有一个刷洗的铝盆。陈子凯说，没找到，要不你套我一件衣服。沈颖说，让我想想。陈子凯说，火锅简单点。沈颖问，你不想吃我做的饭吗？想吃，陈子凯说，怕你麻烦。我都不怕麻烦，你怕啥，沈颖推着陈子凯，你出去吧。她打开冰箱，里面也是空的。

陈子凯打开门缝，露头，说，我和你一起弄。沈颖说，你把这几条青鱼给剖了，会吧？陈子凯说，会，我小时候经常去抓鱼。说着，拿着刀，蹲在地上，对准垃圾桶，把鱼剖开，挖出内脏。腌好鱼，沈颖犯难，我忘买葱姜蒜了。陈子凯说，你做什么我都爱吃。沈颖叹气，盘子也不够。陈子凯凑近沈颖的脖子，深吸了一口，我最想吃你。沈颖推开她，拿起刀，在水龙头下冲洗，取出牛肉，开始切条。陈子凯扒拉着塑料袋里的东西，拿出一罐蚝油，问，这个是干什么的？沈颖说，你帮我拧开。陈子凯拧开盖，闻了下。沈颖挖出几勺，倒在切好的牛肉上，手抓捏一番说，这样牛肉炒出来嫩。

沈颖巡视房间。陈子凯跟在后面说，你怎么像是宿管老师。推开卧室门，单人床上铺着碎花床单，农村结婚时常见的大红"囍"字棉被。走进去，桌子上放着一台电脑。没有衣架，脏衣服堆放在地上的纸箱里。电风扇扔在角落，扇叶落了一层灰。陈子凯拖出仅有的一把椅子，让沈颖坐下，自己坐在床上，双手拘谨地插在两腿间，我这里没啥好看的。沈颖问，除了我，还有别的女的来过吗？陈子凯说，没有。过了一会，笑起来说，都是以前的事，早就分了。你说过，我们不说以前的事。沈颖问，你下班回来都干什么。陈子凯说，躺在床上，给你发信息。他顺势躺下，看着小窗户发神。沈颖问，你想什么呢？陈子凯转过头，把她压在身下。沈颖推开，离开床，指着墙角，那是什么？陈子凯说，工具箱。沈颖掀开，里面是电钻、钳子、螺丝刀、钻头、米尺……用久了，乌漆墨黑。沈颖顿时明白，陈子凯触摸自己时，双手上面粗糙的茧子，是如何来的。

　　她拿起一串白色的物件，问，这是什么？陈子凯来了兴致，说，尼龙扎带。沈颖问，这个是干什么的？陈子凯说，我给你演示下，把两只手伸出来。他抽出一根尼龙扎带，把沈颖的手腕扎起来。沈颖手动不了，你给我解开。陈子凯把她推到床上说，越挣越紧。他压住沈颖，亲她，手伸进衣服里。沈颖闻到鱼腥味，说，你刚才手没洗干净。陈子凯说，我洗了啊。沈颖说，你没洗干净，你别动我。陈子凯不听。沈颖执意让他去洗。陈子凯跑出去，洗完后伸手让沈颖闻。沈颖说，还是有味。陈子凯说，你怎么这么麻烦呢。沈颖一下愣住了，起身要走。陈子凯反应过来，拦在门口，你要去哪？沈颖说，我要走。陈子凯说，你是不是觉得我这里配不上你。沈颖说，你有没有良心。陈子凯说，我不就是手上有点味吗，你至于这样吗。沈颖的眼里含着泪，坐在床上，扭头不说话，两只手被拷着，像不认罪的囚犯。时间凝固。沈颖说，你不尊重我。陈子凯说，我还觉得你不尊重我呢，我多想你啊，亲你两口，你都不让，你还生气，什么都让你占理了，你知道我平时怎么想的吗。看着陈子凯说这些，沈颖笑起来。陈子凯说，你还笑，你还嫌弃我身上的味道。沈颖凑过去，好了，好了，不生气了。陈子凯说，我委屈。沈颖说，你刚才说的都是真的吗？陈子凯问，哪一句？沈颖说，你想我。陈子凯说，当然了，你都不知我多想你。沈颖拽着他的手，我从来都没有嫌弃你，但是，我确实是闻不得腥味。陈子凯把沈颖抱起来，摁到床上。沈颖举起手腕，你先帮我解开。陈子凯从工具箱里拿出一把斜口钳，对准扎带，要下剪时，沈颖缩回手。陈子凯问，怎么了？沈颖没说话，挡住脸。陈子凯扔下钳子，头埋进沈颖的胸口。

陈子凯狼吞虎咽，满头大汗，边捞着牛肉片边说，好吃，真好吃。沈颖把腌好的鱼，放在冰箱里，嘱咐陈子凯记得自己做了吃。两天后，变味，发臭。陈子凯扔了。那罐打开的蚝油，放在厨房的窗台上，再也没用过。沈颖手腕的勒痕，过了四五天才消退。剪断的尼龙扎带，她带回家，拍完照片，放进自己的多层首饰盒里，与平时佩戴的项链和耳环在一起。

身　体

陈子凯辞职了。沈颖知道这个消息时，正在银座超市的负一层，推着购物车站在食品区，甄选哪种麦片更适合幼儿吃。女儿不喜欢喝纯牛奶，自从沈颖在熬麦片粥时加上牛奶后，她每天都吵着要喝。沈颖对比两种麦片后面的克数，脑海中计算哪种更合算。陈子凯的电话，让她来不及细想，随手把一袋扔进购物车，匆忙赶去柜台结账。电话里没说几句，沈颖路上在想，陈子凯为什么突然辞职，担心他遇到什么事，又窃喜他辞了职，白天见面更方便些。车停在道庄小区的路边，沈颖在手机里搜附近有什么饭馆，离中午还有时间，有家青岛海鲜私房菜，评价不错。陈子凯打开车门，坐在副驾驶上。沈颖松手刹，说，吃海鲜去吧。陈子凯歪头说，喝点酒吧。沈颖说，今天不行，喝了酒，下午没办法接孩子。

没到饭点，店里没客人。服务员看到陈子凯和沈颖进来，把他俩引到旁边的菜品展示柜前。各类菜的物料备好，罩上保鲜膜，放在柜子里。沈颖问，你有什么想吃的？陈子凯扫了一圈，面露难色。沈颖说，你去坐着，我看着点吧。陈子凯还没走到座位上，沈颖已经利索地点好了菜，生蚝，香辣蟹，铁锅炖鱼，皮蛋豆腐，另外要了两瓶啤酒。菜还没上，沈颖托着腮，一脸笑意，说吧，为啥突然辞职了。陈子凯回避目光，低下头，给自己倒满啤酒，说，你别这么看我，像是审犯人。又说，其实也没什么大事。

今天发工资。陈子凯月工资三千五，上个月给发了两千八。他找经理。经理让他去找财务。管财务的大姐是老板的妹妹。陈子凯问，怎么个情况？财务让他去问经理，工资都是按照各部门的绩效考核。陈子凯又回去问经理。经理说他旷工，去潍坊干的活，质量不达标，还去返修，来回折腾，都是损失。陈子凯说，×你妈，钱留着给你妈发丧。陈子凯又说，他忍这家伙也不是一天半天了，工作丢了也没什么可惜的。昨天，两个朋友告诉他要结婚了，随份子钱，再加上房租，工资一扣，一个月没剩多少钱。陈子凯在想，这样的生活，到底有什么意思。再往下说，陈子凯情绪有些激动，二十多的人，混到这个地步。他问，你说，你到底看上我什么了。低头，看着生蚝，又说，就我，还有什么脸吃这种东西。沈颖说，工作干得不顺心，没什么可惜的。陈子凯点上烟，摇头，这不是工作的事，是人生，是活着的意义。沈颖问，那你有什么打算？没打算，陈子凯说，有的话，我就不至于这样了。沈颖说，人活着能有什么意义，我也没有。香辣蟹和炖鱼都端上来了，夹在两个人中间，活色生香。陈子凯指着它们，我连请你吃顿饭，心里都犯嘀咕。沈颖说，我出钱，你请客，这样行吗，钱算什么，我们好不容易见一次面，别老想这些不高兴的事。陈子凯盯着螃蟹，这玩意怎么吃？沈颖夹出一个，放在盘子里，你先吃别的，我给你剥。陈子凯吃了一口蟹肉，嗯，好吃。沈颖笑起来，现在的蟹不肥。又问，你平时爱吃海鲜吗？你这话问的，陈子凯说，有口吃的就不错了。沈颖说，你喜欢吃，我带你去吃。陈子凯说，那不行，我这成吃软饭的了。沈颖擦了下手，那这样，她掏出手机，我给你转点钱，你请我吃。陈子凯说，一万？太多了。沈颖说，你快收了。陈子凯说，这样不好吧。有什么不好的，沈颖说，你有钱了再还我。那行，陈子凯在手机上收下钱，说，那这顿饭我请。

吃完饭，他们去附近的快捷酒店开了个钟点房。洗澡，上床，聊天，继续，洗澡，退房。后续的几天，他们去吃了川菜、粤菜、泰国菜、日料、西餐。饭后，就近开房。直到下午，沈颖到了接女儿的时间。他们无所顾忌，疯狂交媾，探究彼此的身体，熟悉每一个部位。他们穿着浴袍，坐在床上打扑克。他们角色扮演，学生和老师，乘客和空姐，在扮演夫妻时，遇到障碍，眼神躲闪，难以为继，逃避当下，不想未来。白天厮守，在彼此的内心中凿出的空洞，吞噬一切，留下空虚。晚上，他们很少说话。沈颖回归母亲的角色，心想明天还能见到陈子凯，对女儿更加体贴，恢复睡前讲故事。

他们特意去做情侣应该做的事情：携手去人民公园散步，初冬的季节，裹着棉衣，在湖里划船，经过桥洞看着墙上写满的情侣誓言，遗憾身上没带笔。登上用挖湖的泥土堆积出来的山丘，在凉亭下面拥抱，趁没人的时刻激吻。沈颖说起年少时来公园的经历，除了那几棵苍天古槐，一切都面目全非。少年时的陈子凯，在那为数不多的进城经历中，没机会走进售票的人民公园。他们依偎在电影院的最后一排，明暗间，吃着爆米花，抚摸彼此的身体，警匪片中公路追逐戏的爆炸声，淹没了喘息和呻吟。他们去商场购物，试穿衣服，从试衣间走出来，等待对方意见。沈颖在内衣店挑选好黑色丝袜，以取悦的姿态，满足陈子凯的性幻想，趴伏在洗漱镜前，留下色情照片。

沈颖又给陈子凯转过两次钱，共计两万。陈子凯愤世嫉俗的表情消失了，心情怅然，昂首走在街上，眼神不再躲闪，坦然出入饭馆和酒店。他的这些细微的变化，沈颖看在眼中，心想这一切都是她带给他的。占为己有的心态，让沈颖在一次性事后，终于问出，你是我的吗？陈子凯愣了下，我当然是你的了。沈颖又问，你是我一个人的吗？陈子凯说，当然了。沈颖捧住他的脸，娇柔地说，我很爱你，你知道吗？陈子凯说，我也爱你。沈颖问，你知道什么是爱吗？陈子凯愣住。沈颖说，傻瓜，爱就是我对你这样的。陈子凯说，那我对你就是爱。沈颖感觉小腹下垂，一股热流从下体涌出，大姨妈来了。

云 雾

陈子凯买的那包卫生巾，沈颖用了四天。小区的告示栏里贴出交暖气费的通知。沈颖从物业出来，回到家，瘫坐在沙发上，恍惚中想起去年时的自己，心无旁骛，没有那么多的烦扰。腰没那么酸痛后，她开始整理衣物，拿出冬天穿的大衣和棉服，把薄衣清洗后码放整齐，归置到衣柜里。沈颖从一条运动裤中，翻出一串槐树叶子，大半已成碎末。她想起上次去太河水库，平静的水面在心中泛起涟漪，用了许久归于平静。女儿长得快，夏天的有些衣服穿不上，她打包好，计划下午出门时，扔到小区的旧衣回收箱。阳台上，两盆绿萝的叶子出现黄斑，沈颖浇完水，手指摁在泥土上，希望能救活它们。她望着窗外，是自己这几天疏于照料带来的破败景象，还是经期的情绪波动。总之，沈颖对眼下的一切产生了不多见的幻灭，暗下决心，这几天不去关心陈子凯的状况，用于还击过去的两天陈子凯对她的漠不关心。这种心里的角斗，在萌发之初，没有得到处理，逐渐滋长，到了必须有一方认错和乞怜的地步。总之，是过去的一味付出和谦让，使沈颖觉得，有资格去不闻不问，恢复自己飒爽的本性。一场疾风骤雨后，枯叶落满一地，树木光秃，街上的人们张嘴呼出团团白气。还没供暖，早上女儿越发赖床。沈颖不做早餐，让女儿去学校吃。幼儿园旁边的烘焙店关门，贴出招租的广告。生意难做，沈颖在这里办的会员，卡里还有一百多钱。四天过去，沈颖去超市买了一包卫生巾。血迹不多，身体恢复了些生气，跑完五公里，沈颖从跑步机下来，擦着汗水，喝光一杯柠檬水，把陈子凯从微信黑名单放出来，问他在做什么。没有回音。她又把陈子凯从通讯黑名单放出来，打电话，已关机。沈颖先是觉得好笑，认定他是在用同样的方式赌气，心想，和个小孩一样。一天，两天。沈颖开始生气，埋怨陈子凯过分了，心中盘算等他出现了，要给他个教训。三天，四天。还联系不到陈子凯，沈颖担心，他出了什么事。就算是赌气，都已经四天了。又自责，是她先失联，陈子凯认为她想结束这段关系。

　　沈颖去陈子凯的住处，手拍在镂空的防盗门上，铁锈纷落，没人开门。她从门缝抽出一张超市的促销海报，用口红在新鲜的鸡蛋和蔬菜图片上面写下：我找陈子凯。留下手机号。晚上，六点多。沈颖屏住呼吸，听陈子凯的同事说，他好几天没回来了。沈颖说，你见到了，告诉他，我在找他。同事问，你是谁？沈颖说，我姓沈。挂了电话，沈颖在决定去陈子凯的老家前，心中假设了种种可能。一、陈子凯和同事合伙骗自己。二、陈子凯出事了。三、陈子凯故意躲着她。不论哪种可能，事情不能这么算了。讨个说法是其次，悄无声息，一句话都不说，无法给自己个交代。决定明天动身，继续寻找后，沈颖平躺在床上，泪水顺着眼角，流进耳洞，胸口起伏，从心脏传来一阵低鸣的杂音。这是此刻，沈颖身体内部的声响。

在导航机械的语音提示下，沈颖比预想的早十几分钟到达陈家峪。沿途景象和上次比对，最大的变化是树叶凋敝。车停在村口，沈颖望着山坡，陈子凯的家近在咫尺，答案即将揭晓时，这两天的气焰所剩无几。沈颖站在门前，晃了几下把手，用力推开一道缝，贴眼望去，里面上了锁，庭院里晾晒的床单、衣物，遮挡住了视线。门洞下面摆放着农具，没有三轮车和其他的交通工具。意识到家里没人，沈颖紧绷的神经松懈下来，她转过身，从山坡望下去，红色的汽车在山坳中很是扎眼。你找谁？沈颖吓了一跳，转过身，一个推着独轮车头包裹着围巾的农妇停下脚，打量着她。她礼节性地回笑，不找谁。农妇看了眼陈子凯的家门，问道，锁着门？沈颖点头。那就是不在家，农妇说，出去干活了。沈颖说，这家人几点回来。农妇问，你和陈家啥关系？沈颖只是笑，没说话。农妇说，要不你就在这等，不想等就去镇上，老陈的修鞋摊在供销社边上。沈颖跟在农妇的身后，一起下坡。农妇继续说，你看着不像这里的人。沈颖问，阿姨怎么看出来的呢？一听说话就是城里的，农妇说，山里的没有喊阿姨的。在岔路口，农妇推着独轮车，向北爬坡，沈颖向南下坡。她边走，边回身，农妇脚步吃力，弓着身，车上的两个大麻袋，不知道装着什么。

导航上没搜到供销社，开到镇上，沈颖停下问路。百姓药店的招牌上面，还有供销社的斑驳字迹。修鞋摊前，围坐着几个正在下象棋的老头。老陈装扮显眼，头戴黑色线帽，手穿过灰色套袖捂住保温杯，探身关心战局。虽没有活，也没摘下污浊到辨不出原本颜色的围裙。沈颖把车开近，老陈仰头扫了眼车，低头继续看下棋。从老陈轻松的表情，沈颖明白了两件事。一、陈子凯没出事。二、老陈不知道陈子凯有没有出事。沈颖又端详了会，老陈皮肤黝黑，四方的脸庞上有两条从鼻子延伸到嘴角的纹路，与下垂的嘴角平行下探到宽大的下巴。常年坐着修鞋，老陈身形内收，双鬓发白。沈颖没有下车，不是担心听到不好的消息，也不是羞愧回答自己的身份。她是几天后才意识到，自己害怕面对的，只是这张脸，那上面有诸多陈子凯的痕迹，五官以及细微的表情。

回去的路上，经过高架桥。沈颖放慢车速，仰头看着架在山间巨大的路基，衬托得自己是如此渺小。无所依托的孤寂，重击内心。山间升腾起云雾，细雨滴落在挡风玻璃上，看不清前方的路，雨滴汇聚，沈颖如同裹进保鲜膜里呼吸困难。打开车窗，路边支着摊位的果农们依次而过。她想停车，买点水果，一再错过，直到前方一个果农都没有。驶进隧道，又驶出。护栏下面是几十米的峭壁，沈颖想一头栽下去，又及时打消这个念头，反复告诫自己，到此为止，不要再去多想，陈子凯这么消失了也好。

过去两个多月的回忆，混入空气，被沈颖吸进肺，分成两拨，交替浮现在脑海，反复折磨着她的脑神经。有次在商场，上电梯时，身后有快递员冲上来，陈子凯一把拽过沈颖。吃饭时，陈子凯总会让她尝第一口。走在街上，陈子凯习惯握一下沈颖的手，试下温度，问她到底冷不冷。他总说沈颖只追求好看，穿得太单。人的眼神是骗不了人的，沈颖想，陈子凯是爱她的，起码是爱过，或许他失踪，真的是遇到什么事，有什么苦衷。沈颖又觉得她被骗了，如果真爱一个人，不可能就这么悄无声息走了，一句话都不说，怎么能狠下心，这么久不联系。就算遇到什么事，有什么不可以说的。对，陈子凯在欺骗自己的感情，不仅如此，还骗钱，她算了下，不包括在一起的花销，前后转给他三万。难道就为了这三万块钱，沈颖说，那他把我们的感情当什么了？沈颖说完，搅拌了下咖啡，目光越过对面端坐的小任，店外的人行道上，树桩下的雪堆还没融化。听完沈颖的讲述，小任说，他就是骗子，骗钱骗色。沈颖不死心，说，可是，他对我真的很好。小任说，不对你好，你怎么会给他钱，这就是骗你。小任从挎包里拿出一本《圣经》，放在台子上，手掌放在上面，轻声说，现在，你可以信主了吧。

半年多没见，刘姨老了不少，见到沈颖，先说了两句话。第一句，提那么多东西干什么。第二句，怎么没把孩子带过来。房间里弥漫着中药味，沈颖问谁喝中药。刘姨没说话，眼睛泛红。半年前，刘姨的丈夫体检时查出胰腺癌，西医治疗效果不好，从上个月进入中医疗法。好歹有职工医保，刘姨说，看病没花多少钱。下过雪，这两天空气好一些，刘姨的丈夫去附近公园散步，刚出去不到十几分钟，估计还有半个小时回来。这半个小时里，沈颖和刘姨坐在沙发上，捂住彼此的手，如一对母女哭诉着。沈颖说，你要照顾好自己，别累坏自己。刘姨说，你自己带孩子，也辛苦，你看你瘦的，别总是减肥，要吃好。沈颖说，活着真是辛苦。刘姨说，人这一辈子，哪能不遇到点事，凡事想开点。沈颖趴在刘姨的肩头，不说话，只是哭。刘姨抚摸着她的后背，孩子，我知道你心里有事，不想说就别说，想说了再说。沈颖摇头，说，我没事，我挺好的。

灵 堂

这一个月里，沈颖见证刘姨的丈夫从能散步，到癌细胞扩散下不来床。住了几天医院，后续治疗意义不大，医生叮嘱说，他身边不要离开人。回到家，刘姨中药熬得越来越勤，没办法再赶早市买降价处理的蔬菜。沈颖按时去送些新鲜的蔬菜和水果，尽管刘姨的丈夫吃不下多少，见她来，开始还强撑着抬起头，说些客套话，后来只是送上一个百感交集的眼神。沈颖成为这对没有子女的夫妻无法言说的慰藉。厨房成为刘姨和沈颖固定的接头地点，讨论一会病情，再说点题外话，比如菜价，以及天气，放松心情。制药厂的工会人员已经来慰问过，协商不久后的丧事流程。对他们来说，每年都要操办几十起，轻车熟路，让刘姨不要担心。自从母亲死后，沈颖又一次近距离感受到死亡的气息，刘姨丈夫的卧室宛如火灾现场，烟雾正透过卧室下面的缝隙，逐渐在这座老式的二室一厅房子中弥漫。不得不承认，这的确消融了沈颖内心中的一部分伤感。在死亡面前，男女之情的确有些渺小。

一天早上，沈颖停好车，牵着女儿的手，往幼儿园门口走。陈子凯站在卖奶摊位的旁边，打量着过往的家长。沈颖放慢脚步，女儿拉拽着她的手往前走。陈子凯发现沈颖，跳下台阶，又停下，等沈颖送女儿进去，折返回来，跟在她的身后。沈颖走到车旁，转过身问，你又来找我干什么？她忍住好奇，没问他大冬天怎么剃成圆寸。上次在商城买的薄羽绒服，看起来也一点都不隔风。陈子凯的皮肤白皙了些，还有些发胖，显得耳朵和鼻子冻得更加红。没等回音，沈颖心先软了，让陈子凯上车。路上有些堵,到植物园的停车场,不足十分钟的路途中,沈颖忍住心中的疑问和怨恨,想好对策,先听陈子凯如何解释。

以下是陈子凯的话:我昨天下午刚出来,联系不上你,一大早我就过来等着你,和你说清楚,不是你想的那样。(你从哪里出来?)在看守所待了三十多天,昨天家里给我交了钱,我才出来的。一出来,看到手机上的信息和电话,我就找你。太突然了,又没办法告诉你。(你到底犯了什么事?)我没犯什么事,不是,三四年前我跟人一块偷东西,他抢劫被逮住了,把以前的事供出来,派出所的就把我逮进去了。(偷的什么?)也没偷什么,就几辆摩托车。这么丢人的事,我不好意思和你说,寻思出来后再告诉你。不相信?真的,我现在取保候审,每天上午下午发两次定位,不能离开当地,每周还要去送一份检讨书。你要不信,你跟着我去。(行了,谁想跟你去。)我在里面可想你了,梦到你好多次,就盼着赶紧出来,有很多话想和你说。(你怎么又白又胖的?)不晒太阳捂得,一个月没抽烟,突然戒烟就发胖,你还不信我?走,现在就去派出所。(行了,我相信你。)

沈颖捂住脸哀嚎,这一个月里自己遭受的痛苦和猜疑，为恢复到正常生活所努力构建的心理防线，在陈子凯的几句话下一溃千里。怀疑和愤恨失去了根基，如此来看，没有办法不去原谅陈子凯。沈颖委屈地说，你为什么要这样，你干什么要去偷。陈子凯顺势抱住沈颖，安抚道，都是我的不对。沈颖又说，你不知道我这一个多月怎么过的，我还以为你死了，就算是死了，你也应该告诉我。陈子凯说，现在我回来了。你走了，就不应该回来，沈颖说，你还回来找我干什么？陈子凯给沈颖擦泪。沈颖端坐，平复心情。陈子凯说，我和你讲讲里面的事吧，还挺有意思的，什么样的人都有，有杀人的，有诈骗的，有打架的……沈颖盯着侃侃而谈的陈子凯，从他出现到现在，不过才十几分钟，她已经从万丈深渊到九霄云外升降了一遭。她真想把陈子凯打成粉末，从世界上消失，他根本不明白，这一切对自己来说意味着什么，要如何继续。陈子凯还在手舞足蹈，说着看守所的见闻。沈颖清楚记得他没心没肺的嘴脸和在冬日阳光下横飞的唾液，自己却一句话也说不出口。这时，手机里传来刘姨丈夫的死讯。晚些时候，沈颖陪着刘姨在客厅守灵，香火萦绕，她终于可以在肃穆的场合，名正言顺为自己悲痛，不用担心格格不入。

宣传册

　　下午，离放学还有半个小时，幼儿园门口到马路的那条几十米的路上，已经陆续汇集了摊贩，烤地瓜，竹筒粽子，糖葫芦。夕阳低垂，绕过前面的居民楼。沈颖坐在车里，温度逐渐消退。老人三五成群，凑在路边，攀谈中等待着放学。几个年轻人在散发宣传页——大致还是各类培训班，给完家长后穿过马路，又挨个插在停放车辆的玻璃上。沈颖下意识身体往后靠，人过去后，她打开车门，拿过宣传页——一个女的裹着浴巾，露出后背，浸泡在温泉中。度假村在郊区，看了下地址，开车二十分钟左右。刚开业，有一系列的优惠，泡温泉、自助餐、按摩、理疗、住宿，一整套下来，二百八。装潢设计偏日式，又融合了古代建筑的雕梁画栋。沈颖拿出手机拍了照片，发给陈子凯，并说，有空我们去。

　　实际上，沈颖和陈子凯没有去。如同许多沈颖设想过的场景一样，泡温泉的画面也只停留在想象中。这些未竟的事情，在沈颖后来看守所以及监狱的日子里，总是以各种契机不断出现。如果真去做了，结局是否会不同。当时，不论是作为女人，还是母亲，她都在逐渐丧失理智。对宣传册上亲子泡温泉熟视无睹，先想到了陈子凯应该没泡过温泉，在看守所里受苦了，吃点自助餐，好好休整一下。接女儿回到家，沈颖翻箱倒柜，拿出一套泳装，想到陈子凯应该没有泳衣，又去网上买。当时，女儿在做什么呢，她眼中的自己是什么样的。想到这些，沈颖低下头，眼泪落在囚衣上，又想到等自己出狱，女儿小学都念完了，是否还记得自己陪伴着她的那些时光。想到自己将作为一个陌生人，出现在女儿的生活中，沈颖趴在放满一次性手套的案板上嚎啕大哭，狱警闻声赶来，在狱友们的注视下，把她拖到了外面。

　　女儿入睡后，沈颖等来陈子凯的消息。他回了老家，山区信号不好。又说，等回去了，一起泡温泉。沈颖又发去信息，没等来回音。家长群里在讨论学校要安排放寒假。沈颖看着里面的这些人，想象着他们的家庭生活。微信头像，以及他们的朋友圈，仅是在展示或是炫耀，没有多少痕迹去暴露。平时去接孩子，沈颖偶尔会在门口和家长们说话，多围绕孩子，面对打听隐私的，她多不置一词，也交换不来什么。陈子凯成为她通往外界生活的渠道，自怜的情绪中，沈颖有些无法忍受没有爱的生活。后来，陈子凯的回避和冷漠，犹如踩在沈颖本已脆弱的神经上，直到断裂。

烟 花

假期到了。沈颖回到全职妈妈的状态。丈夫提早回来。沈颖和陈子凯没机会见面。听说，他在跑外卖。或许，只是托词。沈颖不常去超市，在美团点的外卖塞满了冰箱，吃不了，坏了直接扔掉。她试着和丈夫谈话，不经意间谈到婚姻。丈夫态度坚决，不同意离婚。沈颖没多坚持。到了晚上，丈夫走进房间，躺在沈颖的身边，褪下裤子，用手抚摸她的私处。生硬的动作，敷衍与嫌弃，如同他去触碰案板上的五花肉，怕沾染上油渍洗不净。沈颖摇晃脑袋，身体僵直，丈夫认为手法见效，她在迷乱，更加用力。沈颖把他推开，欲望尽失的沉默中，丈夫留下一句，这不能怪我。主动示好后的拒绝，让丈夫理直气壮，进入一家之主身份，在书房里一待就是几个小时，把沈颖和女儿隔绝在外。

春节临近。城区禁止燃放烟花。除夕夜，天黑后他们开车，在郊外找到一片空地。沈颖抱着女儿，站在车旁，烟花升空，在漆黑的夜空中盛开，又瞬间熄灭。女儿惊喜异常，发出刺耳的欢呼声。白烟飘散。沈颖闻到硫磺味，捂住鼻孔，和女儿坐进车里。丈夫弯腰支起发射架，把炮弹装膛。沈颖让女儿捂住耳朵，拿出手机，准备拍下更为璀璨的烟花。她表情期待，想到陈子凯看到，脸上也会浮现微笑。点火，发射。炮声太大，沈颖手机掉落，女儿吓哭，躲进她的怀里。烟花炸开，半个天空无数的小烟花，又再次炸开，如繁花盛开。夜如白昼。沈颖仰起头，色彩斑斓映在她的脸上，一阵心悸过后，脑袋一片空白，周遭的一切都被抹去。她沉浸在当下的壮观中，身体轻盈，了无牵挂。

四　后续

　　初冬,沈颖已服刑月余。她逐渐适应监狱里的生活,接受了列队训练的枯燥,能熟练叠纸箱。最近她在学习绣花,时常扎到手。晚上看新闻,若出现孩童的画面,沈颖的泪就出来了,整晚脑海中都是女儿,盼望前夫(审判前,他俩协议离婚)能寄几张女儿的照片。沈颖在监狱收到的第一封信,是陈子凯寄来的。内容简短,写在笔记本的横纹纸上,左侧边沿有撕过的痕迹。"上周,我妈死了。最近,我一直在家,有时去爬山,在坟边坐一会。今天入冬,树上还有没掉下来的柿子。去年,你来看过。我长这么大,只有两个女的真心对我好过。我妈，还有你。有许多话要说，又不知从何说起。今天看新闻，金庸死了，好多人在怀念他。四年说快，也快。不知你怎么样，期待回信。"沈颖没有回信。

陈子凯

孟有武想象吴安住的脸,又看着眼前的陈子凯,一个杀人未遂,一个死里逃生,并不相似的五官,有着同样的迷茫和倦怠。

一　病房

昏迷了几个小时后,陈子凯睁开眼睛,事物从一团白雾渐而清晰。他呼吸有些困难,被刺穿的伤口已经缝合,缠绕的几层绷带如同一双手轻扼住脖子。颈部固定器呈托举状,伸至陈子凯的两腮,脖子和头连成一体,无法看到更多。他抬了下腿,调整躺姿。在床头坐着的民警,见人醒了,起身过来,头伸到陈子凯的面前,其倒霉的遭遇,和如今大脖子病般的窘态,让他忍不住笑起来——也包含面对受害者死里逃生后的庆幸。陈子凯张开嘴,只轻声"嗯"了一下。警察快步跑出去,站在走廊里呼喊:护士,人呢?

麻醉药在消退，伤口撕裂的疼痛直冲脑门，陈子凯全身的皮肤渗出一层细汗。无法顺利吞咽唾沫，让他想起多年前读初中时经常扁桃体发炎的日子，间歇性发作，一次持续半个多月，每次吞咽如同硫酸过喉。无法入睡，肚子饿，又不能进食，他白天黑夜张着嘴巴，让口水自行流出。至今，割掉扁桃体，已有十年。曾经的绝望又被唤醒，取代了他尚在人间的喜悦。陈子凯记得，在昏迷前是刚才那个民警，趴在他耳边问话。他躺在救护车的担架床上，脖子被紧急包扎，血一股股渗出来，神情恍惚，只勉强回答了一些简单的提问。诸如，叫什么？在哪出的事？谁干的？后来，几个人在喊，让他别睡，睁开眼。眼皮像两块坠崖的巨石，堵住洞口，陈子凯陷进黑暗，身体轻飘如尘，感到久违的舒服。

他掀开被子，身上套着一件蓝白格子相间的袍子，手摸索到下体，内裤还在。吊袋还在滴答，另有两袋挂在架子上候着。不知道一场手术下来，要花多少钱。陈子凯摸了下固定器，顺着往上，耳后头发沾染的鲜血已经结痂。他抠出一块，在手指间碎成粉末。墙上那台电视的黑屏中隐约出现陈子凯的脑袋，他双手撑着床，身体用力往上挪动，斜方肌拉扯，伤口一阵凿心剧痛。

二 监控

　　陈子凯昏迷期间,警方调取了事发现场的监控。兴学街小学对面的沿街楼,共四幢,五层高,建于上世纪七十年代,原是市供电局家属楼。如今楼房破旧,两年前划入政府的危房改造计划,迟迟没施工。向南不到两公里是淄博火车站,南广场片区改造,拆迁了两个村,一个建材市场,据说要投资上百亿。工地上塔吊林立,入夜后,探照灯把半个天空照亮。自供电家属楼南边地基出现裂缝,陆续几年,原来的居民几近搬走。因毗邻市八院,自东往西的三幢,被他们整体租下当职工宿舍。西边,兴学街和西二路交叉口的那幢楼，被星火技校租下来，侧方楼体粉刷着招生广告，里面住着附近县市参加短期培训班的学员。2号楼的业主，意见不统一，只散租出去。一楼的两户把房子改造成商铺，东边开超市，西边开水果店。楼前各自搭建了六七平方米的钢板房，只留一条窄缝供人进出。两家分别在人行道的梧桐树上安装了监控，视线东西交叉。

晚上十点过一刻钟，夏季的飞虫在屏幕上划过几道白光，陈子凯从东边进画，一身纯黑色短袖长裤，走进楼道。十几秒钟后，一个男的从楼洞窜出来，向西跑去。不一会，陈子凯追出来，跑了十几米，捂住脖子，低着头，脚步踉跄往回走，途中用手扶着老杨的钢板房，在上面留下一连串渐次模糊的血手印。进楼洞的窄路上，他摔了一跤，撞到老杨的水果店。老杨插话，我刚躺下，还没睡熟，听到有动静，赶紧出来了。又对盯着监控的民警说，上个月五号，我放在门口的几个破纸箱子没了，你们到现在都没找到。民警问，你出来后，看见啥了？老杨说，老是丢东西，我睡不踏实，就看见小陈躺在地上，我还寻思他这是又喝多了，骂了句，喝成这死样的。老杨指着旁边，肩膀头子贴着膏药，正活动筋骨的老马说，他拿着手电筒，一照，娘了个×的，吓我们俩一跳，身上全是血，我就赶紧打了120。民警看着老马说，上你那边。一行人跟在后面，老杨说，我把背心脱下来，给小陈摁住了脖子，他这命要是能救回来，得感谢我。又问，我算不算见义勇为。又说，我好歹还搭进去一件背心呢。

老马的电脑在家里，他打开门，扑面而来一股老年独居所特有的死亡气息。他摸索着打开墙上的开关，微弱的节能灯亮起来。老杨抱怨道，节能灯费不了多少电，你不用每次出门就关灯。老马笑了声，多少也费。地上堆积着还没来得及卖掉的瓶罐和废纸，多年来，他养成了这样的习惯，代价是女儿结婚生子后，再没来家住过。老杨的纸箱被人偷了后，老马拿自己说事，还是应该放在家里。民警坐在电脑前，动了下鼠标没反应，低头看主机，你怎么把电脑关了。老马说，省电。民警懊恼地拍了下鼠标，你不开电脑，装监控有啥用。老杨笑着补刀，你抠门抠到姥姥家了。老马站在一旁，赔笑，电脑也开过，就最近没开，夏天用电的地方多。又指着老杨，他家的监控也能拍到我那小门脸，有我没我，都不碍事。

一行人出门，老马关上灯，也跟着出来。民警站在窄路上的一滩血迹前,询问陈子凯的情况。老杨还没开口,老马抢先,主动态度像是要在众人面前挽回一些薄面。小陈搬过来有两个月了吧,反正差不多,他住在二楼,这小子能喝酒,从我这里买二锅头,烟抽的是一枝笔(香烟品牌),口音是淄川那边的,我老婆也是淄川的。有次我问他是淄川哪里的,他没说。我就知道他叫小陈,不太爱说话,具体是干啥的,我问过,他也不说。现在的年轻人,不得了,不说咱也不能多问。不说他,这楼里住着不少这样的小年轻,白天不见人,晚上就出来活动,你说他们不上班,钱从哪里来的。两个辅警回来,说西二路上的国良烤鸡有个监控,应该能拍到。民警说,打电话,让他们抓紧来开门。老杨说,这个小伙子,从来没在我这里买过水果,看到我连个招呼都不打,人做事凭的良心,看到他这样,咱也不能不管,我也不是图虚名,我就算不是见义勇为,也算是好人好事吧,这是没让我碰到,不然我把那个家伙也一起逮住。民警忙说,老实卖你的水果,那家伙跑不了。又说,跑的那个,你们见过吗?老马摇头,我这人记性差,见了也不认识。老杨说,看不清。民警对另一个辅警说,你再查下前面的监控,估计是早就踩好点了。民警说完,走出水果店，向停在路边闪烁着警灯的警车走去。老杨跟在后面，继续说，别因为这事，我丢东西的案子就撒手不管了。民警说，忘不了，在查呢。老杨又说，你们以后得加强巡逻，火车站一改造，到了晚上满大街民工，小偷小摸就不说了，上次我就说了，再不管，早晚要出人命的，你看，出事了吧。民警打开车门，说，你这么热心，要不跟着我一起去医院吧，好人做到底，医药费也给那小伙子垫上。老杨帮着把车门关上，我去看监控，警民合作。

辅警坐在水果店的电脑前，点着烟，快速回放今天下午的视频，熟悉的身影出现，他指着监控上的模糊人影，兴奋地说，看到了吧，不到八点，就进来等着了。又倒放，黑影经过水果店前时，从外面的塑料框里，顺手拿了一个桃。当时老杨正在西边，给一对男女称西瓜。老杨叉腰站在一旁，骂了句，娘了个×的，不光捅人，还是个小偷。继续倒放。又发现，昨天晚上，这个人同样出现，走进楼洞，几分钟后又出来了。陈子凯晚上十点多回来，走进楼道后，前后脚，黑影跑过来，没逮住人，把手里的东西扔地上了。老杨补充说，那是一个火烧，我晚上收摊看到了，还寻思是谁扔的呢。辅警说，为了捅个人，还真敬业。老杨说，看来两个人仇不轻。继续排查前天。辅警腰里的对讲机响了，南西四路和和平路交叉口，有人打架。辅警回，我这边走不开。老杨问，你们这一晚上要出几次警？辅警说，一天二三十来起吧。老杨又问，查到这里就行了，还往前查什么。辅警说，你要困，就回去睡，我查完了，喊你关门。

老杨守着辅警，七天内的视频查完，已是凌晨两点。辅警把视频拷进U盘走了。老杨回屋躺在床上，凌晨的凉气透过纱窗丝丝渗透，远处不间断传来工地的钻击声，十几米远的马路上，轮胎与地面摩擦又转瞬即逝的声音，在此刻无限放大，充斥进狭小的房间。老杨在床上来回翻腾，找到一丝空隙，两条粗腿把毛巾被夹在裆间，试图沉浸时，又浮现陈子凯满身鲜血的惊恐表情。不知道这个人是死是活，如果死了，冤魂成为厉鬼，他在想自己有哪些没有做到位，应该再用力去摁住伤口。后索性坐起来，想找人诉说下此时的想法，老婆要到早上六点才下班回家，他担心老婆会不会有意外，似乎老婆犯困，会被塑编厂的缝纫机卷进去，打成肉泥。又想到远在河北念大学的儿子，上次通电话还是三天前，当初真不应该让他去那么远的地方上学，本地的技师学院有什么不好的。他拿起手机，看着儿子的微信，一时不知道如何开口，匆忙打了几行字：儿子，出门在外，与人为善，和朋友搞好关系，凡事忍耐，你长大了，做事不要冲动。他还想说几句俗语，一时想不起来，只好补充道，爸爸没本事，不能给你提供更好的生活，人要走正道，不要结交狐朋狗友。躺下，闭上眼，又等了半小时，窗外见亮，老杨起床，在厨房里忙活。老婆回到家，破天荒吃到了老杨下的一碗面条。八点左右，儿子从微信上发来一个疑问的表情时，老杨正抱着老婆在床上昏睡。这对结婚二十三年的夫妻，已经很久没这样抱着同床过。陈子凯的突遭横祸，让这个普通的家庭陷入一种久违的温馨中。

三　查房

　　医生走进病房，后面跟着一个护士。他们和蔼的表情在陈子凯眼中，有种令人无法拒绝的信任感。陈子凯不自觉间有些哽咽，他克制吞咽，留意到医生白皙皮肤上纵横的皱纹，心想自己是刚出胎的小狗，等着主人悉心照料。医生两只手插在白大褂的衣兜里，略微躬身，盯着陈子凯的眼睛，小陈，你可真是命大。护士在旁插嘴，这是我们科室的邢主任，手术就是他做的，要不是昨晚上恰好碰到他值班，你现在已经躺在地下室的太平间里了。邢主任伸出手，护士见状急忙从床尾拿过悬挂着的木板。主任看着上面夹着的几页护理记录说，这一刀，巧了，绕过颈总动脉和椎动脉，只割断了颈前静脉，再偏那么一两公分，就只能等死了。泪水在陈子凯的眼睛里打转，他伸出手。邢主任拉住手指头，晃了下说，安心养病，别的都不要想。护士插嘴说，记得通知家人来缴费了，这么大的事，到现在都没联系上个人。陈子凯顾不上疼痛，问，这要我掏钱？邢主任把护理记录交给护士，向门口走去，和正要进来的民警打了个照面。邢主任说，病人虚弱，要休息，别问太长时间。民警眼睛望向陈子凯，回道，就简单问两句。护士提溜起地上的果篮说，怕家人担心，就让朋友凑下。民警接过果篮，放到床边的储物柜上，这是老杨送来的。陈子凯问，谁？民警说，就你楼下开水果店的。护士把木板挂回床尾，双手插在口袋上，摸出一块手机，放在枕头边，告诉陈子凯，你的手机昨晚上落在急诊室了。民警盯着手机，又看陈子凯。陈子凯收回眼神。护士问警察，你是哪个派出所的？民警说，和平派出所的。护士问，刑警？民警说，民警，负责前期工作，过会有专门来调查的。护士说，上周那个打架，把肠子都捅出来的，也是你送来的？民警说，我同事。护士说，药费到现在还欠着，出了事总往我们这里送。民警说，离得近，救护车就往你们这里拉。护士说，你们男的就喜欢打打杀杀的，也不知道为啥。民警在护士临出门前补了句，还不是为你们女人。

从监控中打印出三张嫌疑人的照片，分别是远景正身、近景正脸、近景侧脸。行凶后追逐的画面，以及陈子凯跟跄倒地的样子，也打印了几张，放在民警的文件夹中，怕刺激到陈子凯，没有拿出来。陈子凯说，机型太旧了。民警问，什么旧？陈子凯说，现在都用高清的了，这个机型，早淘汰了。民警说，你还懂这个？陈子凯说，以前干过。陈子凯把照片放下。民警说，你仔细想一下，认不认识。陈子凯没说话。民警又说，这人盯你不是一天两天了，就是要你命的。陈子凯说，没有。民警不甘心地把照片收起来，挺了下腰，发现陈子凯因刚才一番言语，表情痛苦，脸上的细汗往下淌，便起身去走廊上的饮水机前接了一纸杯的水。回来时，陈子凯神情慌张地把手往被子里放。民警问，能喝水吗？陈子凯张开嘴，忍着劲，一大口，又龇牙咧嘴的，不自觉拿手捂住脖子。民警把纸杯放在桌子上，看着果篮里的哈密瓜、油桃、葡萄、甜瓜，水果能吃吗？刚才的疼痛还没过去，陈子凯摆了下手。民警说，老杨这次挺下本，这水果不吃，可就坏了，回头让你家人带回去。陈子凯没说话。民警说，这次是你命大。又看了眼果篮，老杨说你从来没在他那里买过水果。陈子凯闷着声说，我从小不爱吃水果。

民警出去后，陈子凯从被子里拿出手机，给沈颖发了条信息：如果是你丈夫找人做的，和他说一声，警察问我，我什么话都没说。一会，沈颖打来电话，陈子凯挂断，在微信里说：我没事，没力气说话，死不了。陈子凯又追加了一段：我没钱垫医药费，你要有的话，先借给我。沈颖问，你真的住院了？陈子凯举着手机自拍，在相机里，他看到一张毫无血色、嘴唇发白的脸，头发被汗水反复浸湿又刚蹭泛着油亮，像大风过后田间随意倒伏的麦子。他尽量伸长手，拍下脖子的全景发过去，补充道：脖子给刀扎透了。沈颖转过来两万块钱，不够，再和我说。陈子凯立刻收了钱。对方正在输入的状态持续了好一会，陈子凯盯着手机，直到出现了三个字，对不起。他闭上眼睛，回想那个男的，他所看到的并没有比监控拍下的画面清晰多少。陈子凯正拿出钥匙准备开门，刀就戳进了脖子。一天过去，手机上没有电话，微信上也没有信息。其余的人并不知道他出了什么事，不知道他差点死掉。自己是否活着，对这个世界构不成任何影响。

能为自己伤心和痛苦的,也只有那么极少数的几个人,爸妈,或者应该还有沈颖吧。其余的还有谁,又能为他的死伤心多久呢。陈子凯看着果篮,他口渴难耐,真想大口大口吃掉它们。他又努力回想老杨,等出院后,应该感谢一下他,送点什么东西好呢,一条烟吧。前两天老杨穿着背心,从三轮电动车往下搬西瓜。陈子凯心想,当初应该停下帮一下忙的。

四　交友

春节过后,沈颖一直没见到陈子凯。起初,陈子凯以各种理由推迟见面。他先是说,农村过年规矩多,尤其是山区,本族的以及没出五服的都要拜年,还只能上午去,不能下午走动,去了就要留下吃饭。陈子凯语气有些无奈地说,不出正月,就还算过年,都是些穷讲究。沈颖一家三口,在厦门欢度的春节。飞机落地已是腊月二十九的晚上,他们在市区住了一晚,第二天坐船去了鼓浪屿。岛上游客很多,天南海北的口音,到处挂着喜庆的大红灯笼。沈颖抱着女儿在曾经的外国租界区留影,又去海边堆沙堡。细沙混进沈颖的皮靴，一天走下来，脚磨了个水泡。

晚上回到酒店，等女儿入睡后，沈颖让酒店送来针，扎破水泡，涂上碘酒，脚搭在沙发上，喝着泡好的柠檬水，眺望窗外。客房在二十三层，城市夜景尽收眼底。趁丈夫去便利店买东西，沈颖把白天拍的风景照发给陈子凯，其中夹杂着几张她盘腿坐在酒店的大床上的照片。陈子凯从沈颖的照片中，想到丈夫镜头下的她，以及后续不可言说的情形，说，以后这种照片不要发给我。沈颖盯着脚底碘酒风干后的创面，试图和陈子凯抱怨走路太多的话只能咽回去。陈子凯发给沈颖一组陈家峪过年景象的照片，山坡上枯黄的树，各家各户门口贴的春联和福字，黢黑的灶台上财神爷喜乐的表情，以及香炉里灌满的麦粒。陈子凯穿着蓝布面料的棉裤棉袄，和村里的发小们围坐在一起喝酒嬉笑。

大年初一，下了一场大雪。山路上的积雪不足两天被各类车辆和脚步碾压融化，道路泥泞。村民在自家门前倒上炉渣。山阴处的积雪等出了正月还没完全融化，远处望去像撒的面粉。陈子凯骑着电动车，后车兜里装着廉价的牛奶和糕点，途经山路，绕过群岭，走亲访友。他的一个表姨姥住在石岭沟，原先一百多户的小村如今只剩下十几户。走三道岭，过一条隧道。电动车爬不了坡，陈子凯骑着摩托，车把挂着的一箱鸡蛋，路上颠簸，往下滴答黄汁。城区的几个亲戚，陈子凯没去走动，进入青春期后，他就不爱去，自卑是一方面，他不想让自己成为别人展示优越感的对象。鼓浪屿的气温适宜，沈颖里面穿着薄线衣，外面套着一件风衣，正午时在岛上散步还略微出了汗。碧海蓝天下，她经常出神，想象陈子凯一身棉衣穿梭在山间。此后的几天，她很少拍照。坐轮渡时，女儿吹海风着凉，夜里发烧。改签机票，七天的行程，缩减了两天。沈颖坐在飞机上，过了长江，进入山东，山岭的积雪让她想到在鼓浪屿吃的冰激凌。陈子凯不知道，她在吃的时候，也很想让他尝一口。

元宵节过后，沈颖的丈夫被派去尼日利亚，参与政府的基建援助项目，这次最少要待半年。出发前，有了上次疟疾的教训，他把银行卡以及各类密码写下来交给沈颖。视死如归的架势，让沈颖多年来，第一次在丈夫出差前与其紧紧相拥。女儿也一反常态，在他走后，哭了一阵，当电视里出现了熟悉的米奇和米妮后及时收声，光着脚把卧室里的毛绒玩具摆放在地板上圈住自己，笑得前仰后合。到了下午，离别的情绪散去，沈颖计划和陈子凯见面。陈子凯说家里房屋漏水，要换瓦，人手不够。他没发照片，可能觉得不想把家里不堪的景象告诉她。沈颖继续等待，直到女儿幼儿园开学，她有了更多空余的时间。陈子凯带着沈颖没有机会表达的思念，又去了泰安。一连几天，没有消息，再三追问下，陈子凯说亲戚承包了个项目，给车间安装监控，要干一两个月。陈子凯言语中说自己需要钱，没有刚认识那会走到哪里做什么都发照片和沈颖分享，不及时回信息，也只是说在忙没看到。这些细节，沈颖早已觉察，她没有明说，不想面对陈子凯谎言被拆穿后的窘况。

和沈颖若即若离的两个月里，陈子凯没有闲着。元宵节前，他回了市区，在兴学街重新租了间房子。两室一厅。陈子凯只驻足过客厅、卫生间和自己那间背阴的卧室。二房东占据着朝阳的那间卧室——木质猩红褪色的门，上框是块玻璃，用碎布遮住同样的卧室门。陈子凯上框玻璃没有遮挡，上一个租客没那么在乎隐私。对他来说也是如此，不在乎是否有人会站在椅子上，踮起脚来偷窥自己的生活。墙上布满渗水后的霉斑，房间像是存放过被水浸泡过的石灰粉，味道此后长久不散，逐渐渗透进陈子凯的身体里，就算是他走在正午的阳光下，也能嗅到自己的霉味。窗台下面是老杨水果店搭建的钢板棚顶，上面积攒着各类垃圾，包裹着吃剩饭菜的塑料袋，烂掉的苹果核，还有几件衣服，秋衣、袜子和内裤——经过往复的雨天和晒干后，已经结成板块。没过几天，陈子凯也随手将垃圾扔出窗外。天气转暖后，老杨总是闻到腐烂的臭味，起初他以为店里水果有坏的，频繁查看，清理卫生，臭味还是不散，这成了他的一块心病。直到有天，他坐在店外面，看到菜汁顺着棚檐流下来，滴在刚从南方进来的香蕉上。

卧室里有上次租客留下的简易挂衣柜，全部拉上后，淡绿色的荷叶图案上有几个破洞。几根支撑的铝合金棍子被压弯，衣柜有些倾斜。陈子凯把去年沈颖在商场买的几件衣服挂好，其余的随便塞在下面。木质的单人床已经松动，翻身时会发出吱吱声，褥子上留有大块的污渍，陈子凯后悔没把以前的被褥带过来。一副古旧的桌椅，让人没有去翻动的念头。陈子凯从小商品街上买了些日常用品，以便宜和小剂量为主。入夜，陈子凯站在窗前，能看到不远处裕华酒店耀眼的招牌，鲜红色的光束把房间染红。他想到和沈颖第一次在那里开房的情形，这多少加剧了内心的孤寂，让他晚上迟迟无法入睡，不自觉地环抱住自己。

陈子凯下载了几个隐秘交友的软件，想以此再确立一段关系。沈颖给予他的那点自信，在打开软件面对琳琅满目的女性后减退近半。他环顾自己的住处，对照软件上充斥着的光鲜布景，以及因修图而变形的面孔，陷入了迟疑。经过几个小时的寻猎后，陈子凯在本子上列出一份名单作为潜在的目标。下面三个，是后来经过一番博弈后顺利见面开房的。

幸子是幼儿园的舞蹈老师，每天固定发几段跳舞的视频。近期的几个，她穿着宽大上衣和紧身黑裤，背景的一群孩子只有少数几个女童能跟上她的节奏，这并不妨碍幸子沉浸在童曲中，扮作鸭子和青蛙等动物。吸引陈子凯的倒不是她的长相，是活泼的姿态和柔软的肢体。陈子凯先是点赞，后来发私信赞美她的舞姿。一周后的下午五点，陈子凯开好房，发给幸子房间号。中间，幸子说自己想吃水果。陈子凯叫了个外卖，十几分钟后，他去开门，幸子提着外卖站在外面，说在电梯里恰好碰到。幸子本人没有视频中瘦白，身姿健康，性格直爽。寒暄片刻，她先去洗澡，包裹着浴巾出来后说，上周午间休息，她约了个大学生。性无能，喜欢舔下面。今天还约她，她没答应。这段正式的开场白，让躺在床上的陈子凯瞬时意识到，自己才是猎物。过程中，幸子压在陈子凯的身上反复问，她骚不骚，是不是他上过的最舒服的女的。幸子柔软的舌头，以及粗壮的大腿，把陈子凯禁锢在身下。过程短暂。幸子点上烟，盘腿坐在沙发上，让陈子凯叫了两份麦当劳。吃饭的过程中，幸子打开手机，看一个中年吃播博主啃猪蹄。幸子开怀大笑。陈子凯顺手摸她的大腿，紧实，挂着水珠。卫生间是透明的，幸子在洗澡时，陈子凯看到水顺着后背流到腰窝，分叉经过臀部。后来他时常想到这个画面，无关色情。幸子从浴室出来，问他有没有偷拍照片。陈子凯说，没有。他的确没有。

年轻女性肉体的新鲜感，没有令陈子凯变得兴奋，这种随意被处置的方式，让他闷闷不乐，回到那间阴暗的卧室，身体如同抽空般躺了两天，才又暗下决心，采取下一个行动。其间，和沈颖过往的点滴，反复在陈子凯的脑海中涌现，彼此的渴求，以及源于爱意的尊重和付出，令他更为疑惑，不确定当下究竟需要的是什么，难道真的是单纯泄欲？他改变了策略，外貌和性吸引放在次位。陈子凯在珍姐工作的商厦附近开了三个小时的钟点房。晚上十点，下班后的珍姐穿着一身黑色的工装，进门后脱下高跟鞋，光着脚躺在沙发上，哑着嗓子指责陈子凯抠门，酒店太便宜，连免费赠送的水也只是冰露。陈子凯忍着怒火，在交媾的过程中，揉搓着她的胸部。珍姐放声喊叫，不时蹦出几句方言，真熨帖，使点劲。事后，她又指责陈子凯过于粗鲁，把她刚买了不久的丝袜扯坏了，要求他转五十块钱。作为珠宝首饰柜台的售货员，珍姐进屋没一会，就看穿了陈子凯身上的穷酸劲，肤色黝黑，身上散发着廉价的酒店肥皂味，身上没有任何的配饰，比如——手表，在床上的行为缺乏老到的细腻。

珍姐走后，陈子凯站在浴室的镜子前，还有两个多小时到钟。浴巾和毛巾整齐叠放在一起，马桶旁边的垃圾桶里，还有一块珍姐走前用过的卫生纸。头顶换气扇的扇叶在密集旋转着。他洗了把脸，点上一根烟，虚空并不完全来自生理的宣泄。八天后，同一个快捷酒店，布局一致的房间，他裹着浴巾从卫生间出去，回答了几个问题。高女士问，你为什么找我？陈子凯说，对你感兴趣。又问，哪方面兴趣？回，这怎么说，都有。又问，你经常这样约女的吗？陈子凯说，不经常，你是第三个。又问，这样有意思吗？回，没意思。又问，没意思为什么还要做？陈子凯坐在对面的沙发上，看着高女士端坐的身姿，眼神与举止有些疏离，还没有适应在密闭空间与异性单独相处，需要用生硬的提问来自我保护。缺爱吧，陈子凯说完，目光从她身上收回。高女士说，看来不只是我们女的缺爱。她招手让陈子凯过来。陈子凯迟疑片刻，不确定这个举动意味着什么，起身走过去。高女士深吸一口气，拽了下上身的针织线衣，收起微隆的腹部。陈子凯近距离观察她的脸部，嘴角两侧分外明显，凸显出红色的嘴唇。他侧躺，头枕在她的大腿上，闭上眼，闻着消毒水的味道，感受柔软的手抚摸着自己的头。一会，陈子凯两只手抱住高女士的腰身，喘息沉重又急促，泪水在她白色的裤子上晕开。过了许久，她说，我腿麻了。陈子凯起身，低着头，不好意思。她看了眼手机说，我晚上要去医院值夜班，你还有半个多小时。陈子凯没说话，抱住她，内心感到久违的踏实，只是缺乏任何的情欲。

　　天下起细雨，道路上满是水洼反射的霓虹色的光斑。陈子凯拐到兴学街上，道路两侧树木冒出的嫩叶，在风雨中像极力挣脱大人怀抱的幼童。空气沁心，内心空落。他意识到过去半年和沈颖的感情纠葛，只是一次意外，并不具有普适性。不是所有的女人，都像沈颖这般珍视他，愿意为其付出，并承受着他后来的冷漠。卧室墙壁上有水珠正在凝结，窗台上晾晒的皮鞋，其中一只落在外面的棚顶，鞋口已经蓄满了雨水。陈子凯在房间里来回走动，酝酿如何告诉沈颖，不是他最近发生的这些事，只是此刻对她的思念，却又对先前自己的不诚实感到羞愧，担心她的指责。最后，他只好写下：我想你。

　　沈颖答应陈子凯，明天见面。没有过多的扯动的言语，一个多月的失联让他们对彼此有些小心翼翼和陌生，又留下了更多的遐想空间。陈子凯喝光剩余的半瓶白酒，躁动得如同一头尾巴烧着的耕牛。他在抽屉里翻找出两沓名片，其中一沓是吴安住的，另一沓是城区各类商铺店主的名片，理发店、服装店、小吃店等——明显是收集过来的。陈子凯取出透明塑料盒里吴安住崭新的名片——摩天文化传播——经营业务范围：品牌建设，策划推广。印花是切·格瓦拉的著名头像。这个与自己曾同住一室的人，让陈子凯产生了奇妙的感受，似乎是世界中另外一个自己，能为自己的人生参照。陈子凯打名片上的手机号，停机。他走出卧室，敲二房东的门。二房东隔着门，语气不耐烦，问有什么事。陈子凯问，吴安住你认识吗？二房东说，不认识。门打开，二房东穿着发皱的灰色秋裤，眼睛红肿，大半夜的，你问这个干什么。陈子凯把名片递给他。二房东看了眼，塞回去，上面不是有手机号吗？陈子凯说，停机了。二房东叹了口气，他就住了一个月，我和他说过的话，还没和你说得多。陈子凯又问，这个吴安住是个什么样的人？二房东说，两只眼，一张嘴，还能是什么人。见陈子凯不说话，又一身酒气，又补充说，我明天一早出车，没几个小时能睡了。陈子凯点了下头，转身回屋。天不早了，他明天也要早起，和沈颖见面。

五　病情

　　陈子凯上次来医院还是几年前。堂哥从户外广告牌上摔下来，陈子凯隔着玻璃，模糊地看着他戴着氧气罩躺在病床上。一周后，人就走了。那次，陈子凯在医院前后待了不足半个小时，随父母作为家族亲属送去问候和红包，压抑在胸口的那些话，并没有合适的机会进行表达，只站在一旁，听妯娌间进行并无大用的言语安抚。没有成家立业的男丁，在乡村的人情社会中，严格意义上并不是一个独立的个体，说出的话也就无足轻重。以往有亲戚住院，都是父母代劳去看望。如今，陈子凯走下出租车，站在区人民医院门口，忧虑的背后隐约有种莫名的仪式感。

医院正在改建，原来的围墙砸掉，成了对外开放式。陈子凯捂住耳朵穿过在停车场操作切割机的工人们，绕到后面的住院二部，远远看到父亲正坐在入门处的台阶上，像刚把十几亩山地的麦子割完，魂魄跟着汗水流光了。来的路上，陈子凯以为父亲在电话中说母亲生病住院是虚张声势，只是骗他从城里回来，无非又是劳累过度腰椎疼的毛病犯了。眼下更坏的结果慢慢现形，他站在父亲面前。父亲昂头看向自己的目光，让陈子凯想到上高中时打架，他在走廊罚站，当看到父亲逆着夕阳出现在走廊上，自己无助又害怕责备的神情。如今只是角色互换。父亲回过神，轻声一咳，又吞咽了下，低头调整了下情绪，再抬头时，眼睛发红，其余肢体并无反应。陈子凯在旁边坐下。有那么一会，这对父子只是看着前面走动的人——他们大多是病人以及家属，表情无望或冷漠，以及进出的车辆——生活总在提醒着他们金钱上的匮乏。

趁陈子凯翻看检查单分神的时刻，父亲说，发现太晚了，肺癌。陈子凯埋下头，听父亲继续说，昨天下午出的结果，没早发现，谁也没往这处想，她这阵子老说喘气费劲，前阵子给果树喷农药，寻思也就是激了下，缓两天就好了，还去卫生室拿了点止咳糖浆，没见好，我听着咳的那声不太对，晚上咳起来不散伙，没法睡觉了，昨天早上我一看，咳出血来了，死活把她拉来，就你妈这脾气，还在家里死扛着，光知道疼钱，自己身体啥毛病，她觉不出来是咋的，让她打药戴口罩，就没听的时候，现在的农药毒性多大，你妈不让我和你说住院这事，到现在还觉得自己没啥。上了电梯，快走到病房时，他嘱咐陈子凯，一会，你劝她，安心住几天，她老想办出院。陈子凯停下脚步。父亲又说，你把泪擦一擦，别让你妈看出来。说到这，他也转过身，两只手抹了下眼。

母亲穿着一身绛红色的保暖内衣——一个多月不见，衣服套在身上松垮得像浴袍。她盘腿坐在床上，正和临床的妇女说闲话。见儿子推门进来，她愣了一下，先前听着乡村丑闻一副喝中药的样子（没过多久，陈子凯会习惯这种表情）瞬间变成谄媚的笑容，以此来为自己生病，麻烦儿子匆忙赶回来而致歉。母亲和妇女对陈子凯一番评头论足。妇女说，你儿子真是一表人才。母亲客套说，庄户人家的孩子，没啥说头。妇女打量着，又说，这孩子模样随你家老陈。母亲说，模样又不能当饭吃。涉及工作时谈话陷入了短暂的尴尬。妇女找补道,还年轻,路长。陈子凯充耳不闻,背对着临床的妇女,盯着母亲黝黑的手背上的止血贴,伸手撕了下来。母亲让他去问下医生,啥时候能出院,老这么待着,没啥意思。旁边的妇女插话,来医院,不花个万把块钱,不让你这么痛快走,你这才一天,我都住半个多月了。陈子凯回头看了眼,妇女身形像弥勒佛,四方头,五官中最显眼的是歪斜的嘴巴。母亲说,家里还一堆活,在这里住一天光床铺费都四五十,农合还不给报销,这些钱吃进肚子里比什么都强。陈子凯起身,对杵在一旁不言语的父亲说,我问问医生去。

出了病房,陈子凯往西走到尽头,推开门站在逃生楼梯的平台,点上烟扶着栏杆,望着南边楼体扣在大地上的阴影,肩膀上仿佛有座山,皮肤包裹下的血肉像被碾成粉末。三月份干燥的季风吹着他,他不知道怎么去面对,让时间倒流,或是抹掉这一切,意识到不得不面对母亲的死亡,他想去摧毁眼前任何的活物,自私又阴险地认为,我的母亲得了绝症,你们又凭什么还活得好好的。这个念头,当陈子凯走进医生办公室,听完他说的话后更加强烈了。回病房几十米的路上,陈子凯脑海中一直回放,医生语气淡然,如同告诉这只是一场普通的头疼脑热：肺癌晚期，你妈的身体状态很糟糕，化疗这些常规手段没办法用，还是保守治疗，你们家属商量一下。

中午，在医院的食堂，陈子凯和父亲分吃蒸包，塑料袋里只剩一个时，父亲推让说，吃饱了。陈子凯盯着蒸包，问家里还有多少钱。存折里有四万，父亲说，来的时候取出来五千，昨天交了三千，手头还有不到两千。不等停顿的空闲，他岔开话，这小米粥挺好喝，你妈爱喝，早上喝了一大碗。陈子凯把嘴里的包子咽下去。父亲误以为他在哽咽，又说，钱是人赚的，我去借，慢慢还。父亲故作轻松的表情，又是一记重拳砸在陈子凯的胸窝。嚼碎的包子堵在食道，往上或落下都不对路。

午后，临床的妇女去做出院前的复查，病房只剩下陈家三人。陈父先开口，这病不太好治。陈母倚靠在竖起的枕头上，望向窗外没有任何遮挡的天空说，不好治，就不治，这有啥，人都是有定数的。又问，哪里的症候？肺还是气管？一句句追问，如同一块块的木板，把她围困。保洁大姐推门进来，喷洒消毒水，拖地。示意陈氏父子抬脚，对床上的陈母说，今天看你气色好些了。陈母笑了下，没说话。房间里只剩下拖布和瓷砖摩擦的低沉声。当天下午，他们办理了出院手续。临走前，陈母问医生，这天天憋得喘不过气，怎么弄？

开始的几天，母亲还能下地走路，一早下地拔草，喘不过气，身体乏力，望着几亩桃园自顾说，该浇水了。一天早上，她下不来床了，维持正常尊严的念头落空。亲友和乡邻陆续知道了她的病情，提着鸡蛋和牛奶来看望。她开始还摘下氧气罩，打起精神尽量把话说清楚。一瓶氧气没用完，就没什么人再来了。有时，她靠在床头向庭院张望，大门紧闭，前面山头的树木一天天泛青。父亲讨了个中医偏方，陈子凯每天的任务是熬中药。喝了几天后，母亲吃不下饭。早上父亲出摊前做好的饭菜，中午还能再吃一顿。母亲受不了油腥，更亲近充斥着屋子的中药味，把求生欲体现在喝中药上，从不说苦。

陈子凯有时会和沈颖通电话，没有提见面的事。沈颖以自己母亲为例，用过来人的口吻开导他，生老病死，都是常态。陈子凯有些生气，仍旧不愿意把母亲和死亡联系在一起。为躲避家里压抑的气氛，陈子凯出村，走入偏僻的山间，坐在岩石上抽烟。他告诉沈颖，去年来这里的情形，那时柿子已经熟透，现在叶子还没冒全。回忆不止于男女,他怀念过去母亲没生病的时候,贫穷也没什么大不了。陈子凯需要温柔,是对母爱的一种替代。风掠过山头,山矗立不倒,树木仍在生长。陈子凯明白了先前沈颖说的那句,天地不仁,以万物为刍狗。又想,母亲一辈子的汗水洒落在这里,到头来等着她的只有疾病和疼痛。咬牙说,操。这时,"操"唤醒了他们之间曾有过的肉体亲密。片刻后,沈颖说想过来看望下,出于礼节或是他们的感情。陈子凯说没必要,不知道怎么去介绍她。他觉得自己没有资格,在这样的境地下掺杂太多的情欲。羞于启齿,等同于宣判他俩关系的可耻。有些事情变了味道,这超出了陈子凯的体察能力。事后,陈子凯想,他应该对沈颖更耐心和温柔一点。

陈母发觉每天只能保证几个小时的清醒后,开始充分利用时间,纷乱繁复的事情从她的嘴巴里冒出来,想到哪里,就说哪里,前后不连贯。一部分是追忆过去,一部分是遗嘱性质。大多数的话,今天说了,明天还会继续。起初陈子凯和父亲守在一旁,还会认真去听,后来就是应和。如此这样,也都一一记在心里。

她说,我走了,只剩下你们爷俩,这日子怎么过,连蒸个馒头烙个饼都不会,总不能买着吃,让你(陈父）学，你就不学，这下我走在你前头，看你咋办。还有果园，实在不行就包出去，你们也弄不好，撂荒了让人笑话。守着老陈，她担心儿子，说他二十多岁的人，也没个正经工作，以后赚不来钱养活自己可咋办。嘱托老陈，你要管着他，别走歪路。老陈说，咱儿子不傻不笨，他现在还小，不懂事，再大点就好了。想到儿子没成人，自己也没机会看他结婚，陈母心中悲怆，让老陈对天发誓，儿子结婚前，他不能先找个伴。这次谈话的细节，母亲丧事过后，父亲告诉陈子凯，他哭了良久。

母亲变得刻薄，总是挑他的毛病。陈子凯以为是病痛在折磨她，拿自己出气。事后明白，她是想让自己尽快成长，别不懂事，眼里看不到家务活，吃饭也没个准头。脾气冲，做事不紧衬，不知道向人低头。陈子凯不搭话。母亲说起他小时候，话多，从学校回来，还没进门，就扯着嗓子喊妈，书包没放下，就学舌说在学校的事情，语文老师耳朵聋，骂他也听不到，数学老师不认真教课，坐在讲台上打瞌睡。这些细节，陈子凯自己都忘了。母亲又说，你初中下了晚自习，地瓜黏粥能喝两大碗，就是不爱说学校的事了。往后，说得更少了，也不知道你在外面都干些啥。母亲眼神哀怨，你有时候几个月都不回来，电话里说不了两句话就挂了。陈子凯说，说多了都是没用的话。人这一辈子，能说多少有用的话，还不都是没用的，母亲又说，以后你再想和我说话，只能趴坟头上了。

母亲喜欢讲过去的事，怀念还没出嫁的日子。家里有四个哥哥在生产队挣工分，她长到十七八岁，爹娘也不让她出去干活，说，你个头小，哪能吃得了这种苦，留在家里做点针线活。母亲伸出手，经年累月的裂口愈合后和掌纹混为一体，污垢渗进表皮早已洗不掉，厚重的茧子和粗壮的手指关节，显示出这是一双有力量的手。以前我手嫩，圆鼓鼓的，手背上都是肉窝，都说我有福气，她笑了声，又说，在家里没出把子力气，嫁到这里来，都给补上了。陈子凯出生前，姥爷姥姥就相继辞世。虽然只隔着两个山头，母亲也很少回娘家。头几年还回去上坟，现在有小二十年没去了。她说，有你四个舅，轮不到我这当女儿的。有年秋后，爹给了我五块钱，我和村里玩得好的几个姐妹，走了七八里山路，去供销社绞了一块花布，做了一件小褂，剩下一点布料又做了块头巾。回忆至此，母亲躺在床上，眼睛发光，露出微笑，说，那件褂子我穿了好些年。回到家，爹问我，钱都花了？我说，花了，拿出布给他看。说到这里，母亲感叹道，还是那时候好，心里没别的事，除了吃，就是玩。去年腊月二十七的集上，我碰见小霞，她后来嫁到东乡了，十几年没见过，都认不出来了。她和我一样，也种着几亩果园，累死个人。

母亲也有很多遗憾，活了五十多年，没走出过这些山，用她的话说，天安门朝哪咱都不知道。她对陈子凯说，你还有个姐姐，长到两岁，生病死了。又过了三年，才怀的你。到现在，我还记得她的模样，长得随我，眼窝子深，一岁多一点就会走了，不像你，一岁半了还摔跟头。小闺女爱笑，话说不全，我从地里回来，见我就往我怀里扎，洗个手的工夫都不给。你爷那时候可稀罕她了，不像别的老人重男轻女。发个烧，送到乡里的卫生所，不到半宿，人就没了。说到这，母亲抹泪：裹在包袱里，一路抱回来，别提什么滋味了，再没走过比这更远的路。你姐要是还活着，也该找婆家嫁人了，说不定我都能抱上外孙了。听完，陈子凯木然一阵，起身去了外间。

陈子凯想告诉母亲，他和沈颖的事情。她每天用的足疗浴盆是沈颖买的。她定时吃的复合维生素片也是沈颖寄过来的。她儿子身上穿的外套，也是沈颖买的。可是知道了沈颖的存在，又能怎么样。这天夜里，陈子凯躺在床上，听着母亲发出的拉风箱般的喘息声，心想，这一切什么时候才能结束。第二天早上，陈子凯收拾东西说要回城里找份工作。我们不能把这一举动，简单理解成久病床前无孝子。至少从他内心来说，对母亲的爱，和无法继续忍受母亲病痛所带给他内心的煎熬，两者并不相左。

六　内心自白

陈子凯想起半个月前的那次意外，也是针对他，只是没有得手。他躺在病床上，闭上眼睛回忆细节。那天晚上，村里有人结婚，父亲去帮工，他和母亲在家。他熬好小米粥，又炒了盘芸豆。母亲下不来地，陈子凯把小方桌搬到床上，放在她的胯部，伸手能够到饭菜。母亲把小米煎饼掰碎，泡在小米粥里，拿勺子舀了口，放在嘴边，闻了下，又放回去，责备陈子凯刷碗不仔细，还有洗洁精的味。陈子凯又去拿了个碗，用热水烫后，重新盛上小米粥，母亲喝了没几口，盯着小方桌不言语。陈子凯问，又怎么了？母亲让他撤了方桌。

从陈子凯记事起,家里就有这个榆木的小方桌,桌身布满陈灰和油污,看不出先前的颜色。小时候陈子凯把长香搁在上面,腾空的一段香燃尽,贴着继续燃,在桌面边角上留有两道焦黄色的烧痕。每逢除夕夜里,父亲把小方桌搬到庭院,摆上贡品,陶罐里插上香,供奉老天爷。大年初一早上,父亲把陈子凯喊醒,烧完黄纸后对着小方桌朝北方磕头。过不了多久,这个小方桌还会被搬出来,上面放好贡品,也照样燃香,正中的位置摆放的将是自己的遗像——想到这里,陈母食欲全无,戴上氧气罩,躺倒侧身对着墙。陈子凯只是觉得母亲随着病情的恶化,越发喜怒无常,闷头把小方桌抬到外间,坐在马扎上,喝光一碗粥,夹了两口芸豆。饭菜没滋味,他炒菜掌握不好火候,放的盐和油都不在点上。夕阳染红的山体逐渐黝黑,如同被黑色的幕布盖住。母亲在喊他。陈子凯进屋,母亲身体如狂风中的塑料袋上下起伏,气若游丝地说,没氧气了。

镇医院离家十几里地,天黑路窄,出了陈家峪进入省道,不时有货车经过。四月份,天气转暖。前几次都是在白天,还是第一次晚上去,陈子凯心想还是晚上好,不用在路上遇到乡邻去刻意寒暄,也不用在路上和汽车交汇时自惭形秽到眼神无可安放。他总觉得端坐在汽车里的可能是自己的同学，即便是个陌生人，他也不想成为别人获得幸福感的参照物。如今到处是汽车，二十多岁的人，没有自己的车，确实有点说不过去，好歹有辆面包车也行。又想，面包车开出去也不会让人另眼相看，不过是个干苦工拉货的。又想，自己什么都没有，有什么资格瞧不上开面包车的。陈子凯两只手搭在车把，顺着蜿蜒山路，爬坡，下道，驶入镇医院的大门。

交了五十块钱，陈子凯换好氧气瓶，倒车出院门时看到西侧花坛处停放着一架老式战斗机，机头的三齿螺旋桨在黑暗中犹如瞄准镜正对着他。走出院门，陈子凯明白过来，镇政府在翻新，把战斗机临时停在这边了。小时候，陈子凯每次来镇上，都要去看一眼战斗机，那时机身还没完全褪色，记忆中是深绿色，两侧机翼和机身上的五星也鲜红夺目。风吹雨打十几年，没人维护，掉漆生锈，当地人也习惯了它的存在，禁止靠近的栏杆也早撤掉，可以随意攀爬。陈子凯小时候愿望之一，就是坐在战斗机的驾驶室。如今，愿望唾手可得。突然，陈子凯感觉后背被电了一下，全身抽搐，扭头看到一蒙面人手里拿着东西又杵了下他的腰。没有反应。陈子凯问，干什么呢？对方扭头跑。陈子凯去追，穿过马路，跑到路口。一辆摩托车在那候着，那人跳上车，一溜烟开走了。陈子凯站在街头，喊道，我操死你妈。

整件事沈颖脱不了干系。陈子凯不确定那个人是不是沈颖的老公，这两次又会不会是同一个人做的。他不了解沈颖的丈夫是怎么样的人，是他发现的，还是沈颖主动告诉的。这中间又发生了什么。他不想把事情搞得人尽皆知，这对谁都不好。可是警察出面了，要怎么去处理。千头万绪，陈子凯不知道怎么去理顺，局面已经失控了，自己根本无能为力。他有些懊悔，其中自己要承担多少的责任呢，后果又是怎样。又一想，其实已经为自己的行为付出了代价，难道这还不够吗？他不知道怎么去面对这些，他希望现在能有个人可以倾诉，告诉他应该怎么去做。为什么要把事情搞得无法收场呢？如果沈颖的丈夫能找他坐下谈谈，不好吗？他会道歉，保证再也不和沈颖有任何来往。不对，陈子凯又想，这不是一个戴绿帽子的男人应该会去做的事，没必要背后使阴招，他应该直接找他，羞辱和殴打，或者像那些流传于网络上的抓奸视频一样，在他和沈颖开房时，被当场抓住，堵在房间里。陈子凯早就设想过类似的画面，身上穿着一条内裤，或者是全裸着，蜷缩在墙角被一顿暴打，间或再打沈颖，羞辱道，你就找这么个玩意？是的，沈颖能看上自己，确实令人费解。作为一个破坏别人家庭、为人所不齿的败类，除了忍受还有什么可狡辩的。可没有任何沟通，直接下死手，陈子凯感到害怕，这个人究竟是什么性格，连法律都不放在眼里。他想从沈颖过去的言语中拼凑出她老公的形象，不热衷于性事，排斥亲密接触，对工作负责，常年在外出差，对妻女感情冷淡。如此来看，怎么也不像是一个冲动易怒、会杀人的主。不过，也可能是老实人被逼急了，自己辛苦在外工作，老婆背叛自己，委屈和不忿，让他丧失理智。不然就是沈颖把他俩交往的细节，告诉了他，难道她不知道这样做的后果吗？还是沈颖故意的，想毁掉这一切。爱让人冲昏了头脑。陈子凯想找沈颖问个明白，转念又忍住了。不管是谁，这个人最好赶快自首，警察很快就能把这个人抓住。至于自己，陈子凯现在没有什么要求。一切都结束了。无能为力。输液袋空了，他摁下床头的呼叫器。

护士推车进来，拔针，止血，将导管缠几匝输液袋，问，你感觉怎么样？陈子凯说，想小便。护士说，试试能下床不。他动了下，有些吃力。护士弯腰，从床底下拿出白色的塑料尿壶，递给陈子凯，背过身。陈子凯盯着护士黑色头绳上的向日葵说，我上不出来。护士向门外走，一会我进来。两分钟后，护士进来，把尿倒进厕所，重又把尿壶放回床底。陈子凯躺在床上，看到护士神情疲惫，欲言又止。护士问，还有事？陈子凯说，水。护士接了杯水。陈子凯憋着劲硬挨了口，重又躺平，后背湿透，动作迟缓如同八十多岁的老人。护士说，你这是硬伤，恢复起来也快。陈子凯问，几天能出院？护士说，这我不知道。又说，你有什么事，随时找我，不用不好意思。又问，你是淄川的？陈子凯点头。护士说，听你口音像是，咱俩老乡。又说，还有些病历资料需要入档，等你休息好了再填。护士推着小车说，今天我值班，有事随时找我。陈子凯眼睛再次泛红，想起小时候生病发烧，母亲寸步不离，喂他喝水。他想被拥抱，被呵护，闻母亲身上的奶味。他想说那些不知道怎么去抒发，郁结在胸口的情绪。他想说，母亲要死了，自己也要死了。他想说，自己过得糟透了，不知道怎么办，生活要怎么继续下去。午后的阳光在护士洁白的大褂上反衬出圣洁的光芒，将陈子凯笼罩。他捂住脸，虚弱的身体轻飘如灰尘。

七　故友

陈子凯闻到熟悉的混杂着汗液与皮革的脓臭味，睁开眼天色已暗。父亲背对窗户坐在床边，眼睛浑浊，脸陷在阴影中，两只手拘谨地搭在紧闭的膝盖上，语气责备又关切地说，才从家里走了没几天，怎么就这样了。陈子凯问，你怎么来了？天花板上两盏灯亮了，父子两人望向门口，穿着制服的年轻民警说，老陈，好好做做你儿子的思想工作。说完，走出去。一个没见过世面、老实巴交的农民，除了办理户籍身份证，派出所都没进去过几次，有民警在场，害怕和无助的情绪，盖过对儿子性命的担忧。外面的黑夜成为一面镜子，映照着这对无言的父子。

陈子凯问，我妈呢？父亲说，在家，这事她不知道。陈子凯说，过两天就出院了。父亲说，你在外面惹人了？意外，陈子凯笑了下。父亲说，他们问啥，你就说啥。陈子凯点头，又说，你回去吧。父亲伸手摸了下他的脸，没说话，只叹了口气。陈子凯指着桌上的果篮，一会你拿回去。又补充说，你和我妈吃了。父亲看了眼果篮，低头又叹了口气，你说这些都叫什么事。他起身，望向窗外，不远处城市微弱的灯光让他镜面上的样子更加模糊。陈子凯看着父亲的背影，胸口发堵，说，医药费不用管。心想，至少在钱这方面让他放下心。他从小就觉得丢人，自己父亲是个瘸子，每次从镇上经过，看到他的修鞋摊，心里就发紧，怕被看到，也怕被同伴说。过往的抱怨和不忿，此刻一一化解，有种生离死别后内心的开阔，不仅是对生命，对亲人，还是对感情，开阔和虚无本身是一体两面，不抱有期待和毫无希望，目前陈子凯正处于两者之间。

门开了，孟有武进来，径直走向陈子凯，身后的门还没关上，他开口说道，还真是呢，我一看名字，心想不可能这么巧吧。陈子凯愣住。孟有武把挎包丢在床上，两只手扶着床尾的栏杆，我就在市局刑侦大队，你这案子我接手了。话说到这里，他注意到站在一旁的陈父。陈父忙说，我是子凯的爸爸。孟有武说，叔叔好。一时，场面像房间里跑进来一条正吐信子的眼镜蛇，都不敢轻举妄动。孟有武说，我要单独和陈子凯聊会。陈父说，我这就回去。又对儿子说，你好好配合，有什么说什么。陈子凯指着桌子上的果篮，陈父摆手。陈子凯急了，挣扎要起身。孟有武见状，越过陈父，提着果篮，塞到他手里，一番推拉，陈父勉强收下。陈子凯问，你怎么来的？陈父说，镇上派出所的人把我拉过来的。陈子凯问孟有武，能把我爸再送回去吗？他腿不方便。陈父说，不用，我坐车回去就行。陈子凯怒目圆睁，忍住脖子伤口被扯动剧烈的疼痛，闷声说，哪里还有车了。孟有武说，我找人送你回去。说着，拽着陈父的胳膊走出门。

八　过去

　　陈子凯略微起身，先前昏睡积攒的些许体力，在刚才面对父亲的动情中消耗大半。偶遇孟有武的欣喜也在减退，疲惫如硫酸注射进身体，慢慢腐蚀肌体。此后的很长一段时间，他时常想起眼前这段沉默又奇妙的静谧，内心深处的波澜动荡只能待日后去慢慢理顺。陈子凯的脸上浮现出介于冷漠和羞愧的表情，下巴因挤压，嘴巴张合困难，那些要对多年不见的老友所倾诉的话，成了无法分拣的线头，缠绕成团堵住嗓子，只留细弱的呼吸。孟有武卸下刑警的威严，从警多年面对各色人等所掌握的询问技巧，在打量老友的过程中，被彼此眼神中流转的往事摁住。

孟有武开口：护士说你身子弱，尽量少说话，我也是例行公事。他从挎包里抽出笔记本，将别在上面的笔握在手里，翻过开发区中欧大厦地下停车场持刀伤人案的走访调查笔记——嫌疑人已锁定为籍贯东营的一个中年瓦工，原本今天他要参与抓捕。在空白的页码上方，孟有武写下：4.23兴学街持刀伤人案。停下笔，心想，陈子凯不当辅警的这五年是怎么过来的。

五年前，刚进四月，陈子凯辞职了。春暖花开，出警多，人手不足。招聘辅警的广告贴出来没几天，应聘者寥寥。副所长老唐让他再待一个星期。陈子凯没说话，回宿舍收拾好了行李。第二天早上出警，孟有武没看到陈子凯，手机也不接。此时，陈子凯已经搬到了体坛小区的一处房子里。为庆祝新生，陈子凯和东升、高岳在KTV唱了一个通宵，所里联系他时，他正在逼仄的卧室昏睡。一个星期后，他才重新开机，其间用的是东升的小灵通。刚过去的春天，本市政坛的一起人事调动，如一颗石头丢进水洼，激起的涟漪把蚁窝给淹了，东升和高岳就是其中两只落荒而逃的蚂蚁。陈子凯携带当辅警一年多积攒的三千多块钱，形同救世主降临，暂时打消了高岳去抢劫的念头。两个月后,陈子凯明白过来,一个桃和两个烂桃放在一起,最终的命运也是腐烂。

　　下午,从宿醉中醒来,陈子凯巡视房间。高岳住着最宽敞的主卧室,双人床因女友的离开显得空旷,房间依稀可见女性进行装扮的细节:灰色床单——高岳没有洗澡习惯,已有些泛黄;窗台一束百合花——没有换水,业已枯萎,散发出污泥味;床头柜上放置的小音响——每次他俩做爱,就用音响放歌;女友的衣物——内裤和裙子,扔在椅子上。沉浸在失恋痛苦中的高岳,倚在床头,全身只有一条松垮的内裤,完全没有昨夜在包间里拿着话筒嘶吼着追问爱情时的澎湃,萎靡着说,要不咱俩换个屋。东升住在连着阳台的侧卧,除了单人床,最占地方的是台液晶电脑,电脑桌上分别放着烟灰缸和金嗓子喉宝。自从上周被网友夸赞唱歌好听后,他卸载了魔兽争霸,买了个金色话筒,每天定时打开电脑软件练歌两小时。东升歌手梦想的第一站是参加七月份《中国好声音》在当地的海选,还有两个多月的时间,为了弥补缺乏舞台经验的短板(唱功已经无需雕琢),他想先参加下周的海乐迪KTV歌手大奖赛,说完,他对陈子凯说,报名费需要一百块钱。陈子凯说,这个好说。东升又说,演出服也要准备下。陈子凯走到阳台，从五楼往下望，下面是居民开辟的几片菜地，几垄葱正在茁壮成长。

最近，东升和高岳有点矛盾。自新上任的市领导把工作重点放在清理市容和整顿治安后，天乐园娱乐广场的据点被清理，以帮人看场子为主业的辉哥，身背多起故意伤人案件，跑路已有月余。前两天听一个兄弟说，辉哥在河南某地快吃不上饭了。作为小弟的高岳，认为应该筹集点路费去找辉哥，一起东山再起。整天唱个鸟歌，高岳说，也不照镜子，什么鸟样。这番话，由义气保驾，让陈子凯和东升挑不出毛病，只在私下认为，高岳一时从失恋走不出来，想换个环境，至于是进监狱还是去外地，对他来说没有区别。东升并不承认自己不讲义气，但辉哥的确不是一个称职的大哥，自己职高辍学后，就跟着他了，两三年过去，没混出个人样，说好听是看场子，和服务员没啥区别，还不给工资，隔三岔五给的那点生活费，几包烟喝顿酒就没了。说到这里，东升说，我也应该跟着去当辅警，多少还能攒点钱，怪我手气不好。

当初，辉哥学《无间道》里的韩琛，也在小弟中搞了个抽签，抽中去当辅警。一年来，所里有行动，陈子凯也事先说一下，都是无关痛痒的——比如重大节日排查娱乐场所。这段当辅警的体验，让陈子凯见识到了执法机关的能量，当他穿着制服，出现在排查现场，那些先前趾高气扬的夜店经理，对所长和民警低头哈腰的模样是如此显眼。至于辉哥，空有金链子和纹身护体，也只有在角落里胆战的份儿。这些感受，陈子凯没办法和东升、高岳一一道出。即便是胸口印着"辅警"两个字，背后的力量，也足以让他在脱掉以后，用洞察世事的语气，对这两位自青春期以来就称兄道弟一起偷盗斗殴的兄弟们劝和，并指点未来的人生道路：我们不是未成年了，再犯事就要负法律责任了。话毕，他俩陷入沉默。义气如此刻正在他们手指间燃烧的香烟，飘散在简陋的出租屋里。这次哀伤的交心，被楼下一对夫妻的吵闹打破，他们把头伸出窗外，兴奋地围观，期待中的动手没有出现，只有几句虚张声势的"操你娘，你娘个×"的方言在居民楼间回荡。

在同居的一个多月里，他们喝酒地点先是大排档、烧烤摊，后来只能买点花生、炸肉等下酒菜带回去，啤酒瓶和牛栏山二锅头（高岳指定用酒，容易迅速喝醉）在闲置的厨房地面上摆满。陈子凯的钱花完，他们又分别向其他朋友几百不等地借钱。东升参加海选，站在舞台上还没唱到副歌，就被评委赶下台，在后台认识了同样遭遇的一个姑娘，当天晚上带回住的地方。半夜，陈子凯听到东升的房间传来的呻吟声，又很快被陈奕迅的歌声覆盖。谁能凭爱意要富士山私有，这句歌词，陈子凯许多年都没忘记。高岳终于找到前女友工作的幼儿园，等到课间她教小朋友们跳舞时，翻过铁门，被三个门卫用铁叉摁在地上。高岳的父母打电话说儿子被抓进去了，派出所说他和几起打架斗殴有关，问东升知不知情。怕受到牵连，陈子凯和东升立刻搬走了。

陈子凯又在道庄小区租了个单间，深居简出避风头半个月，等身上的钱花光，他去开发区的化工厂当车间工人，住宿舍，吃食堂，先当操作工，后又开叉车。他不担心熬夜，上十二个小时，歇十二个小时，也能扛住。让他痛苦的是厂区不能抽烟，抓住就开除。工资一月三千，实习期押一个月。陈子凯和质检员朱瑞走得近。一日三餐，朱瑞拿饭卡打两份，一份给陈子凯，又把自己餐盘的肉夹给他。休班时，陈子凯去朱瑞的宿舍，两个人躺在床上，接吻，隔着内衣抚摸身体。朱瑞有收集明信片的爱好，她睡在下铺，上铺床板背面贴满了世界各地风光的明信片，睡前助眠，醒后提神。亲昵过后，朱瑞伸出手，依次指向亚马逊热带雨林，埃及金字塔余晖，新西兰米尔福德峡湾，冰岛蓝湖，塔克拉玛干黄沙，大兴安岭雪景，又闭上眼，带领陈子凯一起幻想他们到过这些地方。当下处境的不堪，总是让陈子凯有些排斥，进而意识到朱瑞的善意和温柔，并没有让他贡献出爱。或许是朱瑞并不出众的长相，或是瘦弱的身材，借口总是更容易去找，却又不愿直视自私的本性。不久，陈子凯辞职，再也没见过朱瑞。他心想，自己这辈子没机会出国，最美的风景只在明信片里，距离最近时只相隔一只手臂，又触不可及。此后，陈子凯偶尔回忆起朱瑞，她曾付出的爱，成为朋友间的谈资，勉力支撑他虚弱的内心。

后面的两年中，陈子凯和东升、高岳聚会，追忆合租的时光是他们固定的话题，此外都只频繁提酒。青春已逝，往事变得不堪回首。东升还和当初的姑娘在一起，他们开过服装店，经营过烧烤摊，赔本后又去工厂上班，双方家长已经见面，婚期提上日程。小义乌商品城的鞋店生意也不景气，他们准备把店盘出去，再找个工厂踏实上班。高岳是他们当中率先发福的，习惯性把上衣撩起露出肚皮，用来佐证闲适的生活。父母托关系让他进了国企，用他的话说，整天坐在办公室里也不好受。下班后各种应酬，不胖对不起吃下去的生猛海鲜。陈子凯是最沉默的那一个。老友聚会的味道变了，他认识各种型号的监控摄像头，可以顺着梯子爬到几米高的车间，在安全绳下单手用电钻打孔。可这些，并不在攀比的范畴，也没必要说出来。

半年的基层派出所实习期满后，孟有武拿着开具好的实习证明——评语如下：该学生在本所实习期间表现优异，已经具备成为一名人民警察的专业能力和品德素质，回到保定的学校。同学陆续返校，分享各自实习时的见闻，孟有武发现除了自己，他们只是去派出所报道送了点礼就拿到了证明。论文答辩完，离毕业还有月余，在离别情绪的渲染和对前途未卜的迷茫中，他们往返于大学城和市区，穿着警校制服的身影出现在饭馆、洗浴中心、酒吧，举止乖张，受到众人的侧目。毕业后，至少有三分之二的人不会成为警界人士，告别制服所赋予的价值。大学四年，孟有武一直是班干，不逃课，不早退，以身作则，为名号所累，压抑了个体欲望。比如，他暗恋班上那位西安的女同学，眼看她换了三四个男朋友都没有勇气表白。一次聚会，他喝了酒，在喧闹的音乐中对女同学耳语。

太过嘈杂，两人搀扶走出，来到一个闲置的包间。黑暗中，从其余包间传来的鬼哭狼嚎，让单独相处的空间多了一丝隐秘的诱惑，呼吸急促，情欲勃发，性事虽仓促却也刺激。地下恋情持续到毕业，孟有武说会去西安找她。

毕业后回到老家，孟有武投入考公中，上课，做题，定时查看西安的天气预报，情爱的画面只短暂出现在梦中。熬过炎夏，考完试，母亲做了个小手术，去西安的计划再次延期。成绩公布，孟有武成了当年本市招收的三名狱警之一。鲁中监狱在国道旁边，他经常路过，围墙高耸，架设电网，东西各有一座瞭望塔。新入职的狱警先去站岗，孟有武是其中之一。自前几年，潍坊监狱发生一起死缓犯越狱触电身亡的事件后，监狱系统加强了科技化管理，做到了监控无死角。在入职培训时，老同志说，你们这些年轻人赶上好时候了，我们那会就是靠人站岗巡逻，三九腊月，大半夜站一宿，腿都冻折了。

瞭望塔在围墙的拐角，高五米。入冬后，白天还好些，阳光照耀玻璃屋。黄昏临近，冰雾开始凝结，取暖器作用不大，孟有武裹着军大衣戴着棉帽，盯着监控，头顶上方另有一个摄像头，是用来监视他的——夜间值班闭眼不能超过五秒钟。孟有武不时用抹布擦拭玻璃上的雾气，一夜过去，拧干的水分能积攒半个脸盆。白天，犯人们穿着囚服分批出来活动。孟有武也出来，盯着那一颗颗刮光的脑袋，想这些人背后有着怎样的故事。开春，孟有武负责犯人收监，登记，搜身，分衣物。他们脱光衣服，转身、下蹲、弯腰。年近六十的老头，因捡垃圾捅死一个环卫工，转身时后背隆起的罗锅如巨大的肿瘤。一个全身长满牛皮癣，皮肤如鱼鳞的中年人，因宅基地纠纷，拿铁锨把邻居的孙子打成重伤。高矮胖瘦各异的男性，脱光后站在面前的画面，让孟有武好多天食欲全无，只勉强喝点水。他时而做梦，自己也成了囚犯，脱光后站在一众犯人面前，被讥讽和嘲弄，命令他要做的和现实中他要求犯人做的一样，立正、稍息、转身……

有天，进来一个犯人，相貌眼熟。登记时查看材料，是孟有武的高中同学，同一年级，不同班，对方也认出了他。在进监的路上，孟有武想起来，孙庆也进过校体育队，一起训练过几次。后来他就不去了，高二没念完因打架被学校开除。档案上写着孙庆伙同他人，在步行街的某网吧把人捅死了。主谋判的死刑，已经执行。孙庆是无期，轻判的原因是有立功表现，具体不知。第二天上午犯人队列训练，孙庆脸上有瘀伤，孟有武把他喊到一边，问他怎么回事。孙庆不说话，眼红了。过了好一会，孟有武说，有困难就说，多少能帮得上。孙庆说，想抽烟。孟有武摇头。他又说，想出去。孟有武又摇头。孙庆笑了。孟有武也跟着笑了，问当初怎么不练体育了。早上起太早，孙庆说，跑再快顶个屁用。孟有武请管监区的吃了顿饭，孙庆没再受过欺负，倒是经常欺负别人。时间一长，狱警和犯人没什么区别，都是在坐牢。孟有武对家里说，想换个环境。当初孟母托人，觉得狱警轻松，不危险，熬两年大小混个领导，也没考虑别的。才半年，孟有武熬不住了。这年夏天，家里又走动了下关系，遵从孟有武的意愿，把他调到当初实习的和平派出所，成了一名正式的民警。

不到一年，孟有武回到熟悉的岗位上，身份从辅警到民警，不用再开车，坐在副驾驶的位置。早上出警，接警电话不断，一个警情没处理完，第二个，第三个，已经排上号。民事纠纷居多，为节省时间，他们会先联系街道办和居委会调解。平日里忠厚朴实的面孔在见到警察后，各自陈述时多是狡黠，需要有足够耐心去甄别。夜色降临，辖区内的风月场所开始营业，夜总会，按摩店，练歌房，他们开着警车，沿路驶过。十二点前后酒后闹事的警情渐多，这是孟有武最不想面对的，多数无法沟通，人手不够，打电话求支援。出警二十四个小时，接下来的两天值班处理经手的警情。孟有武脾气越来越大，烟抽得越来越凶，穿着便衣走在路上，眼神也充满了警惕和怀疑。一切表明，他正在成为一名合格的民警。孟有武刚踏入社会的煎熬，并不为人知，仅能从他日渐严肃的表情窥见几分。

　　十一假期刚过，所里接到临沂市局的协查通知，一个涉嫌命案的逃犯可能藏匿在本辖区。这天，孟有武在所里值班，接到通知后走完配枪手续，领着临沂来的刑警队员们入户排查。第一次配枪出任务，孟有武心情亢奋，右手不时去触摸腰间的枪套，警校期间第一次射击时后坐力带来的震颤仍在手臂的肌肉间传递，何时会射出第一发子弹的念头又重回脑海。排查完多为老居民所在的东区，他们开车驶入西区——路两侧栽有茂密的梧桐树，居民楼下林立违建的棚户，寻租广告四处可见。他们穿过楼道上印满的开锁广告，敲响十三号楼二单元五楼东户——这一串数字和连日阴雨天后耀眼的阳光，成为孟有武深刻的记忆。过了一会，门打开，隔着镂空的老式防盗门，一把土式猎枪对准他们，孟有武瞬间扑倒旁边的两位刑警，贴墙掩护，拔出手枪朝防盗门内盲开三枪。刑警把中枪的逃犯拖出来时，孟有武倚靠在墙角，全身如掉进水里，右手抖动不止。临沂警方在事后的报告中，对孟有武的表现着重提出几个词语：当机立断，舍生忘死，英勇无畏。最后建议给予表彰和奖励。一星期后，孟有武休假回来。中午，所里为他举办了一场形式简单氛围浓厚（所长语）的送别会。孟有武没来得及消化离别的情绪，下午就到区刑侦支队报到了。

九　案件

以下是孟有武近三年的刑警生涯中，经办的几个案件。

彩票站杀人案：刚入冬的一天早上，湖店镇尚家村的一个彩票站发生命案。近几年土地开发，城区延伸至周边乡村，原本偏僻的乡村成为城乡接合部。尚家村在省道两侧的村民，多把民房加盖成两层小楼当门面房，或出租，或自营。案发的这家彩票站，一楼卖彩票，死者女儿住在二楼。一楼连接农村的庭院。这天早上，女儿下楼发现母亲坐在椅子上，脖子前部下巴以下的动脉被扎，血迹渗透，裤子都湿了。民警打开卷帘门，穿堂风把死者从椅子上吹倒在地。萧瑟的冬日早上，在场人员吓出一身冷汗。彩票站简陋、脏乱，水泥地面上满是打出来的彩票以及刮刮乐。一番勘察，侦查人员在桌子上一个纸杯的口沿处发现血迹。初步判断死者动脉喷射，血迹留在凶手的面部，凶手喝水时留下的。纸杯里的茶叶泡了许久，味道寡淡，判断凶手在彩票站逗留了许久。根据出彩票的记录，他们找到了案发当晚最后一个买彩票的人。此人说他离开时，还有一个男的在彩票站，但他不认识。彩票站附近的店铺，有个位置隐秘的监控，调取后发现嫌疑人的身影。根据他开车离开的轨迹，找到嫌疑人的家，但没发现凶器、血衣等任何证物，对方也不承认杀过人。搜查车辆，也没任何线索。嫌疑人的DNA和纸杯上的吻合。但他否认杀过人，只承认去过彩票站。证据不足，审讯异常艰难。孟有武想到，嫌疑人扔掉衣服，但是皮带会抽出来继续用，血迹一定会在皮带上。刑警让他抽出皮带时，他汗如雨下，开始交代作案过程。凶手李某生于一九七六年，二婚，和前妻育有一女。二婚有一个儿子，刚满两岁。他在附近的塑料厂上班，月薪三千左右。女儿的抚养费，以及现在家庭的开支，日子过得紧巴。这天，李某拿着仅有的几百块钱进彩票站碰运气。先买彩票，后来死者让他买刮刮乐。李某先买了一百块，不中，又买一百块，不中。死者让他继续买。钱花完，一个都没中。李某想要回钱，死者不给。他先在死者脖子上扎了几下，留下表皮伤。死者大喊，李某猛扎几刀。案发时，死者家中只有她和女儿。女儿这几天发烧，早早睡觉了。死者的丈夫常年跑运输，案发时正驾驶满车的煤炭，从山西往山东赶。

山林情杀案：死者常年在建筑工地当钳工。他在老家承包了个山头，让老婆养鸡和喂鸭。夫妻长期分居，老婆在同村找了个相好的一起打理山头，过着与树木为伴和山丘共眠的离群索居又相依的生活。这年中秋节，丈夫从青岛的工地回来。他半年赚了五万，悉数交给老婆，带回一箱不值钱的海虹，煮熟后一起吃了两天。案发的这天夜里，死者在床上抱着老婆说，明天不想再去打工了，要留下来陪着她。等丈夫睡熟后，老婆跑下山。月朗星稀，凉风阵阵，山脚下的村落各家各户的灯光点点，正是中秋佳节团圆的日子。后半夜，老婆说听到鸡窝里有动静，怕是有黄鼠狼，让他起床看看。丈夫迈出屋门，没走几步，被人一榔头敲碎了脑袋。至死,他不知道是谁杀的他,也不知道老婆早就背叛他。孟有武印象深刻的是下面这段插曲:丈夫死后,妻子整理丈夫的行李,发现返程的高铁票。他说不想回去,要留下来陪老婆,只是一句讨好的乖话。

荒山无头女尸案:政府对九顶山进行生态恢复,把大小数个宽约几公里、深达几十米的采石矿坑改造成公园。进入腊月,一个工人在山头焚烧漫野荒草时,闻到一股肉烧焦的味。四下寻找,发现一头死猪。走近,不是猪,是一整块肉。他用木棍挑过来,看到一对乳房和女性的下体。孟有武等人赶到,尸块边沿已经被火烧得呈黑炭状,死者的头沿着与肩膀平齐处切掉,胳膊自肩关节处卸掉,腿自会阴处割掉,只留下躯干部分。尸检解剖,死者怀孕八个月,胎儿在肚子里已成形,性别为男。死者身份无法确认,调查失踪人口和张贴寻人广告,均一无所获。胎儿是突破口,抽血进行配对和网上比对,没有线索。案件至今未破。几年后,九顶山公园对外开放。孟有武没去过。有时在路上看到孕妇,他会想起这个案子。

小旅馆杀妻碎尸案:七月份的一天早上,清洁工在张南路北首路东侧一条小巷附近清理垃圾时发现一块带血的东西,感觉像是尸体的碎块。警方迅速赶到了现场,初步认定这是一起杀人碎尸案。垃圾池里的碎尸来自华泰街某小旅馆。据旅馆老板介绍,昨天雨后下水道往上冒水,他怀疑下水道堵了,把污水井盖打开,用铁钩钩起了一堆杂物,后又扔到垃圾池旁。碎尸在下水道里沾染污泥,颜色发黑且泡得变形,旅馆老板当时没发现异常。警方打开下水道井盖,发现一具尸体的躯干部位。经过法医鉴定,确认受害人为女性。这家旅馆住着一对夫妻,丈夫王某今年五十六岁,妻子范某四十四岁,范某已经失踪三四天了。警方在王某与范某曾经居住的房间内发现一把长约20厘米的小刀,刀刃上的血迹经鉴定正是受害人范某的。房间的床上、被子上、褥子上以及墙上还原出大量血迹。经过DNA鉴定,血迹也被证实是范某的。警方对王某进行审讯。王某只是说,老婆跟别人跑了。其余拒不交代。二十四小时后,王某承认杀害妻子,但不交代犯罪细节和过程。又过了二十四小时,王某交代了杀妻分尸的所有犯罪事实及过程。孟有武作为审讯人员之一,王某无赖又嘴硬的性格,让他无数次出奇愤怒,恨不得把人类有史以来所有的酷刑都用在他的身上。王某的交代中，因范某已死，除了杀人分尸事实本身，他明显偏颇的言辞，并不具备多少可信度。王某和范某均为新泰人，王某比范某大十二岁，两人育有两子，都已长大成人。据王某说，妻子范某生活不检点，与几名男子保持不正当的男女关系。案发当日，王某、范某与另外三人一起吃饭，几杯酒下肚，王某与范某发生了争吵。饭后，王某回到旅馆，范某和其中一名男子离开。晚上七点，范某回来，王某与其再次发生争吵，情绪失控，拿起水果刀向范某刺去。王某自述，只是想吓唬妻子，没成想不小心划伤了妻子的脸。争吵升级，他失控捅了范某的胸部，将其杀死。因运尸不方便，王某将范某的尸体用小刀分割，尸块分别扔到附近的下水道和猪龙河中。王某又说，杀了老婆，我想喝农药自杀，想到两个儿子，下不去手。

山村光棍杀人案：去年，刚入腊月的一天早上，玉石坞村口的乡道躺着一具男尸——后脑钝器外伤，头骨裂开，脑浆外流，先排除了车祸的可能。死者姓贾，年龄六旬以上，身穿略显破烂的棉裤棉袄，两条腿指向南边进村的一条岔路口。直觉告诉孟有武，死者是被人杀害后，拖拽到公路上，想伪造成车祸。贾某背后上衣没有翻卷，可以判断是被人拽着上身拖动，腿所指向的就是凶手所在的方向。以上是孟有武在后来接受电视台法制节目录制时，面对镜头讲述自己破案的细节和过程。经过走访，贾某是光棍，平日里和村里的另外一个光棍贺某走得很近。贺某就住在入村岔路口的旁边。警方在贺某的床下发现了一个带血的羊角锤，没等法医化验，他就交代了作案的过程。前天晚上，贺某请贾某在家中喝酒。年关将近，没有钱买年货，贺某指着桌子上的一盘腌黄瓜一碟花生米，说，连点肉末都没有。想到贾某欠他三百块钱，过去两年了都没还，提出让他还钱。贾某说，还钱可以，脱裤子用下屁股。贺某一听这话，拿起平时砸炭块的羊角锤，敲了贾某的后脑勺。

案发到破案，不到两个小时。上级考虑到春节期间，需要典型案件来震慑犯罪分子，联系电视台制作了一期节目，分上下两集，春节期间在市各电视台滚动播出。孟有武走亲访友时，多次在客厅的电视中看到自己严肃又紧张的面孔。平日关系疏远的长辈亲戚对他交口称赞，询问办案细节，又问工资多少，抓犯人有没有危险，开枪是什么感觉，现在杀人的怎么这么多了，并提议死刑应该还像以前那样游街了再枪毙。

孟有武开始还回答一下,后来只是默认点头。他发现自己变得更愿意和罪犯打交道,再艰难的审讯也目的明确,斗智斗勇耗费心神,也比时下这种虚假的附和轻松。支队授予集体三等功,孟有武破格晋升为二级警司。尽管家人还时而担心孟有武的安全,也不得不承认,他更适合干刑警。

十　辅警

陈子凯和孟有武有过的兄弟般的情谊,不是两个人性格投契和共同的生活背景,是面对陌生的生存环境所建立的扶持,以及在此后几个月的辅警生涯中的共鸣。他们的关系,以陈子凯的离职终止,四五年没有联系,友谊没有进展下去,也是因为他们脱离了共同的环境。

孟有武报完到,从副所长老唐的办公室出来,跟着陈子凯回宿舍。陈子凯问,老唐和你说啥了?孟有武说,介绍了所里的情况。在办公室里,老唐指着墙上的和平辖区的地图,介绍基本情况,长条形的区域面积，从城区到乡镇山区，要开车四十分钟。这几年房地产开发，建设物流中心，多有欠债纠纷。因拆迁一夜暴富的村民，有了闲钱声色犬马，每天晚上都要处理几起酒后打架。外来务工人员多，成分复杂，总有各类突发事件。最近所里热议并且登报的新闻是，他们刚创下了一天接警六十多起的纪录。老唐嘴巴里的那些数据，刚过去没几分钟，孟有武还没走进宿舍，就已经忘记大半。陈子凯宽慰，他对新来的都这么说，记了也没用。

宿舍四张床，八个床铺，轮流出警，全住满的情况没有。陈子凯从床底拿出烟灰缸。孟有武接过烟，点上。警校要求整理内务，孟有武看着乱糟糟的一切，虽不习惯，却感到轻松自在，倚在床头听面前这个比自己早来半年多的家伙倚老卖老，讲所里的人际关系。陈子凯说，咱一个所，三十几号人，一个所长，三个副所长，七八个坐办公室的，其余分成三人一组，五组轮番出警。一个民警，跟着两个辅警。得知孟有武是警校在读大学生，陈子凯有些羡慕，身份有所变动，自己矮了半头。说起老唐，他刚从部队转业过来，业务不熟，还爱表现自己，瞎指挥，毛病最多。孟有武边听边笑，家里托的老唐关系，让他来这里实习。老唐还叮嘱他，实习不要太较真，跟着的老秦是个老民警，有经验。一个下午，陈子凯和孟有武把烟灰缸插满，聊到饭点。

当天的晚饭，他俩没有去食堂。派出所几百米外有家博山餐馆，孟有武请客吃砂锅。说完自己知道的这点内幕，陈子凯先介绍自己，又打听孟有武的情况。当了解孟有武的家境后，他吃得也坦然了。二十多年前，孟有武的母亲在火车站摆摊时认识了原籍贵州的铁路职工老孟，生下儿子，寄养在农村。孟有武在农村长到八岁，这年孟母拿出多年积蓄，承包下火车站旁边的一个门头。客来客往，饭店生意兴隆。对孟有武来说，家境的富足，并没有让他后续的童年更为开心。他原本在农村是性格开朗的孩子王，到城里念小学，在歧视和讥讽中变得沉默寡言，也学会察言观色。这种早熟的性格，一直延续到今。有城府，不毛躁，是众人对他的评价。听完孟有武的个人经历，双方家境的差异，陈子凯从妒忌心成了单纯的羡慕。这让他心里好受多了，打捞着砂锅里仅有的几块炸肉，宽慰自己，他也不是靠自己，摊上个有能力的父母而已。

几瓶啤酒下肚，辅警陈子凯开始感慨，先总结：你这辈子遇到的麻烦事，加起来都没这一天多。孟有武笑起来，有些不信。陈子凯掰着手指，罗列昨天的出警：早上还不到八点，锦绣城报警说有人打架。写字楼装修，欠了电工的钱不给。电工就把那人给打了，也没多严重就是眼肿了。没调解成，欠钱的觉得自己挨打了，要处理电工。刚把他俩拉回所里，小商品街的一家水果店说被偷了。到了后查看监控，半夜里一个拾荒的老头，也是手贱，把店外面的几个塑料桶拿走了。这老头经常在那片活动。水果店老板也算是讲道理，让看到那个老头批评教育下。回所的路上，五中对面的教培中心有人报警。也是屁大点事，师傅在移空调的时候，把管子弄断了。那人要求赔偿，要不修好，要不换个新的。师傅觉得委屈，移前说过有可能弄断，他一天才赚两三百块钱，又说这空调本身老化了，铜管容易折断。互相扯皮了一个多小时，也没调解好，又接到报警，说孝妇河湿地公园有人在电鱼。到了湿地公园，开车转了半个小时，也没看到电鱼的，又让接线员核实举报人的信息，最后上报没发现人。回去的路上，在商贸城旁边，几个趴活的货车司机在路边赌博，这几个憨货，钱就放在明面上。我们三个就下来抓，四个跑了俩，有个胖子坐着没动，押车上带回所里。中午在食堂，饭没吃两口，一个老头报警说有人卖保健品诈骗,赶过去后发现那老头脑子有点糊涂,不是那么回事。往回走,交警打电话说查酒驾要支援,我们又去了昌国路。植物园西广场,有人报警手机丢了。那地方也没监控,不好找。丢手机那妇女态度也不好,人那么多,锻炼身体就把手机扔器材上。我们就让她回头去所里处理。贾庄的永久电动车店报警,说一个顾客付款没成功,就把车骑走了。沿路调监控,又去附近村里寻人,折腾一个多小时把人找到了。中间有个妇女报警,说在工行捡到一张银行卡。这种事,直接交给银行处理就好了。完事又去民泰大厦,处理一起出国劳务纠纷。这男的想去韩国打工,交了钱,又后悔了,要求退钱。对方不给退,证都快办下来了。这种情况,就只能让他们走法律程序了,协调不好。下午,天快黑了,出警抓了个老头。自家的水井被工程车压了,他堵路。本来这个老头占理,结果他喝了酒一直骂人。我们警告了他两次,还不听,就把他押回来了。到了晚上,就更热闹了。昨晚事比较少。出租车司机报警,一个男的喝了酒不给打车费,把车门踹了个坑。咱所斜对面的盛世中国,有客人喝多了到处耍酒疯,把人打了,手被玻璃割了,弄了一地血,找救护车送医院,折腾到半夜。(有了这段经历，陈子凯面对影视剧里那些浮夸的审问和断案，经常挑出毛病。审讯前，要填写一张表格。第一次审讯时，老秦看了陈子凯满满一张纸的审讯记录，让他把中间的周旋删掉，只留下：什么时候偷的，偷了干什么。）

执勤后的第二天，陈子凯和孟有武睡到中午。睡到下午的时候很少，要看前天晚上的具体情形，警情少收队早睡到中午。如果是碰到难缠的警情，带回来审讯做记录，天亮睡觉，要到下午才醒。起床后，他们穿着制服出去吃饭。自来实习后，饭店后厨用来运货的面包车，成了孟有武的代步工具。二十多年过去，这个从火车站小门头发家的小饭馆，已经在市区有了三家连锁的酒楼。东一路的惠宾楼共三层，归孟母照看。第一次去，陈子凯还是对孟有武的家境感到吃惊，这个厚嘴唇、平头、脖子梗直、外观不张扬的人，哪一点也看不出县城富二代的样子。两菜一汤，牛肉加量。孟有武被母亲唤作小武，尽管从初中以来就不再长个，作为高中体育生进补的习惯，还是保持到了现在。孟母面目慈祥，衣服整洁，谈吐自然，商场浮沉多年，一副胸有成竹的样子。陈子凯吃着饭菜，隐约被刺痛的自尊心，也是此后友谊没有进一步发展成友情的原因。

孟有武在大学前三年,每个月数千的生活费,养成了足疗的习惯。前夜值班后的辛劳,在饱餐一顿后,要去做个足疗和桑拿才算得以缓解。有时,他们也会聊到各自的苦恼。毕业在即,孟有武喜欢大学里的女同学,家在西安,一直没有勇气表白。陈子凯扮演着倾听的角色,躺在床上被技师按摩时,他盯着对方的乳沟,想到自己已经很久没有性生活了。

民警老秦说过一句话,他们都没放在心上,片警比刑警要危险得多,片警处理案情,不确定性强,提前缺乏防备,难以掌握案情的发展走向。刑警办案,都有详细防备。三年过去。陈子凯问,老秦现在怎么样了?孟有武说,去年终于当上副所长了,正科级。又说,老秦身体垮了,你要是现在看见他,认不出来,人像是充了气,胖成球了,上级也是照顾他,让他负责食堂。老秦身材高大,一脸胡须,四十多了还是普通的民警。出去巡逻,老秦精神头不好,坐在后面总是犯困。孟有武刚来的几天,老秦会亲自出警,交代如何处理。配合上级工作的,有章可循。邻里纠纷,调停不了,交给居委会。盗窃的警情,没有监控,就记录在案,回头去派出所登记。这个报警还没处理完,下一个警情就来了，出去一天，总是在出警的路上。实在忙不过来，就让正在附近的同事帮忙处理。熟悉了后，老秦躲在后面指点，让陈子凯和孟有武去处理。自从"有警必出"后，老秦抱怨，一天出警，一多半都是不相干的事，浪费警力。出警二十四小时，歇一天，后续两天处理出警那天的案件。如此循环往复。多年的基层工作和升迁无望，让老秦在对待案件时并不上心，经常嘱咐他俩，不到万不得已，尽量不要记录在案，不然到第二天，要处理这些案件，走程序，填表，都是些耗神不讨好的事。陈子凯走后没多久，老秦就查出了病，去北京做了两次大手术。后来，夏天老秦光着膀子，掀开肚皮，展示几道术后留下的疤痕。升职后，老秦心态平和不少，分管内勤，整日在食堂研究吃的。

　　陈子凯想起有天接到群众举报，孝妇河有人偷采河沙。查了一圈，没见到人影。出了一天警，身心俱惫，三个人往回走。夕阳西下，警车行驶在盘山路上，食堂的大姐打来电话，说晚上做的鱼汤，给你们留着了。陈子凯头倚在车窗，望着沿路不时掠过的村庄、山包、农田，进入城区，汇入下班回家的车流。他意识到自己的确是在保卫一方的平安，有些动容，歪头看向身边的孟有武，他直视着前方，夕阳从后视镜里反射，一块光斑落在他的脸上。至今，陈子凯还记得那晚的鱼汤，鲜味四溢，一口气喝了三大碗。陈子凯没问孟有武是否还记得这个画面，这也并不重要。孟有武合上笔记本说，现在的刑侦手段，你多少也知道点，就算你不说，这案子最迟也就两三天的事。

十一　谈话

关于和沈颖的感情纠葛,陈子凯不管是想以更加清白的身份,凸显作为受害者无辜的形象,还是碍于沈颖身为人妇,减少自己作为第三者插足破坏别人家庭道德层面的指责。可能,两者皆有。面对孟有武的盘问,陈子凯心情有些复杂,换作是几年前,作为朋友,他确实可以把自己隐秘的情绪和真实想法,全盘托出——实际上,这几个月,他没向任何人谈过沈颖。现在面对孟有武,陈子凯只能压抑倾诉的欲望,如旁观者一般说些轻描淡写的场面话。一问一答,那些心里话,都被括号严密封存。

孟：你和沈颖怎么认识的？

陈：网上认识的。

（大概三四年前，我在开发区化工厂上班，把一个女同事的肚子搞大了。我身上没钱，也不能让女的掏钱，就把这事告诉堂哥了。他那会刚大专毕业，从济南回来在人民路对面的一家广告公司上班，负责户外广告安装，向领导预支了一个月的工资给我。我也不清楚是不是堂哥怕我没钱还，还是真像他说的想让我学门技术。正好我也不想在化工厂继续干下去了，感情那点破事是一方面，主要是管理太严，不自由，就听堂哥的了。公司有点政府关系，接下政府大楼整修后的监控安装。我堂哥负责这个项目，向领导请示后就让我跟着他打下手。活挺简单的，我主要是布线，扯线，爬梯子。堂哥负责安装和调试机器，也不像他说的教我多少技术，总说活多，先熟悉。这么一个活，忙到了年底。公司开年会，我也去了。堂哥喜欢沈颖，让我去要联系方式。他们在公司不是一个部门，公司明文规定内部不能谈恋爱，他想得有点远，怕找其他人要，公司的人说闲话。我堂哥这个人是有点腼腆，按道理说，随便一个借口就可以了。我都怀疑他到死，都还是处男。半年后，他就死了。当初知道我把人搞怀孕了，有天晚上，在公司宿舍，他问我，和女人上床是什么感觉。那种神情，我至今都记得。他死的时候，想起这句话，我就默默流泪。他白，为人忠厚可靠，就是眼光有点高，把自己的路走窄了。他和我说得最多的就是，想成为成吉思汗，驰骋疆场，女人有多少，要多少。当时我就觉得他没戏，沈颖是城里的姑娘，凭啥考虑他呢，他就是一个干活的，要人没人，文凭也一般，一抓一大把，最主要是胆不大，害怕和女的说话。根上还是尊重女性吧，只能这么去解释了。我开始没去要，等到沈颖喝多了，人活泼起来。我记得她上台表演了个节目，我们就在下面起哄。她笑起来很好看，害羞中带着一种妩媚，挺勾人的。中间我们视线交汇，我都有点心动了。她出去上洗手间，我跟出去问她要的。具体怎么要的？我也喝了点酒，有点不管不顾了。后来，堂哥和沈颖具体怎么发展，我不清楚。年会没多久，发了工资，还给堂哥钱，我手里还有一千多，就不干了。我那时候不服管束，在步行街的网吧混着。后来，我和沈颖认识后，提过堂哥，但没说其他的。有时候和沈颖做那事，我会想起堂哥。怎么说呢，要是他还活着，会怎么想，我没觉得这是可以去炫耀的事，有点悲伤，他一直想知道和女的上床是什么滋味，肯定也幻想过和沈颖做那事，我替他实现了，可怎么去和他说呢。）

孟：你和沈颖什么时候开始的？
陈：去年九月份吧，具体记不清了。

（联系沈颖那会，我刚和女朋友分手不久。关于她的事我不想多说，我只能说，这是我人生当中的一段耻辱，一定程度上，我是抱着报复的心态，想去开始另外的一段感情。也谈不上感情，我也不信这一套，算是放纵下自己吧。只不过女的只要相貌过得去，想放纵的话机会总是很多。像我这样条件一般，什么都没有的人，要欺骗女的感情，要耍手段，找点窍门。我从网上找了不少PUA的帖子，也加了不少群，一帮男的聚在一起，讨论怎么伪装自己，怎么一步步接近女性，抓住女性的弱点。反正就是女的都挺下贱的，我当时就这么认为，大家也都是被女的抛弃了，遭遇都差不多，就交流这些东西。也经常有人晒战果，成功约女的出来，在酒店、家里、车里拍的私密照，也不知道是真的，还是从网站盗图。下班回去，我就躺在床上研究这个。后来这些群被人举报了。看多了，想实践一下。我本来想的是，用这个手法挽回女朋友，再进行报复。没这么做，完全是我的自尊心和对她的厌恶，没办法逢场作戏。还有一点，和我一起合租的同事刚交了女朋友，到了晚上就做爱，听得我心烦气躁。我趁着他们不在家，安装了一个针筒摄像头。说实话，没有任何美感，我那同事是个胖子，女朋友也长得不咋地。两个人倒是花样不少，姿势挺多的。那段时间，我整个人有点不正常，孤独，仇恨，心理也有点阴暗。同时期我给不少女的都这么发过消息，沈颖是其中一个，我扫着通讯录的名单，看到备注名为"美女"的，忘记这是谁，就试着用手机号搜索微信加上好友。她通过了，问我是谁。一来二去，我说不知道怎么有她的手机号，细问下去才对上号。她朋友圈没个人照片，都是些风景照，看起来是挺小资的。当她说自己叫沈颖，我立刻想起来她那双眼睛和酒后的笑容。聊了几天后，出来见面。还有几个女的，聊不下去，对我爱答不理的，只有沈颖，她人是不错，完全没有其他女的身上的臭毛病。）

孟：你知道她有老公，有孩子吗？

陈：当时不知道，是后来知道的。

（我承认，我一开始把沈颖当作一种挑战。她这样的女人对我来说是陌生的，不论是年龄、学识，还是她有家庭，我们能顺利聊天，或者说让她不反感，感觉到愉悦，和我学习搭讪技巧了解女人的心思有一定的关系。我这个人本身感情经历也比较多。加上堂哥的死，让我们有个共同的缅怀对象，关系也拉近了不少。她倾诉欲比较强，说自己这几年是怎么过来的，嫁人，生育，当母亲，给我看女儿的照片，的确是个很可爱的孩子。说这些话的时候，我没多大的兴趣。结婚生子这事，对我来说太遥远了，我都觉得自己还是孩子。她丈夫常年不在家，我也就明白她为什么会这样对我。用她的话说，我们就是两个孤独的心灵恰好遇到了，相互取暖。感情这种事，没有什么道理可讲的，有那么半个多月，沈颖哄女儿睡觉后，我们就聊天，发各自照片，再就约出来见面。我有意在她的面前，塑造了一个上进、踏实、勤劳的形象。这也就是对付像沈颖这样衣食无忧的成熟女性，年轻的小姑娘肯定是不吃这套的。沈颖不是那种看重物质的人，她也不缺这些。我免不了拿她和我以前接触的女的做对比，她发来的照片，有种成熟的、不粉饰的气质，性格又那么善解人意。我们刚认识那会，以姐弟相称。慢慢的，我就觉得苗头不对了，她开始对我嘘寒问暖，在她这里，我有种被呵护的感觉。平时上班，遇到什么事，我也愿意和她说。她的烦恼倒是不怎么和我说，或者我没太往心里去，就这样一个衣食无忧的人，能有什么烦恼呢。也就是感情上的，空虚，无聊，也需要人去陪伴，关心下她吧。丈夫，孩子，家庭，从一开始就不是我们该考虑的。茫茫人海，谈个朋友，也不知道以后会发展成什么样。考虑那么多也没用。我后来和她说过，我不会干涉她的生活，另外一个意思是，不要对我提过高的要求。我们第一次见面，那天阳光很大，把人烤得难受。我上午在工地，请了假过去。见面前，我心里一直发憷，怕她看不上我。我那段时间，没什么自信。见面后，我一直在出汗。沈颖比我想象的要年轻，身材保持得也很好。这一度让我特别失望，他妈的，我感觉配不上她。自卑，我从小到大都这样。我们看到的不是个人，还有背后的家庭，你的整个成长经历。有那么一会，我很后悔见面，搭讪技巧可没说怎么去克服自卑，我只能尽量少说话，在心里提醒自己，不要把女的当回事，没什么了不起的。回去路上，我都在不停地出汗，骑着电动车在路上，和没穿衣服没什么两样。我没回工地，晚饭也没吃，躺在床上，在想沈颖不会再找我了，起码不可能再像以前那样。我那会根本没有了先前要和她去开房的念头。)

孟：你们交往了多久？

陈：谈不上交往，有肉体关系而已。

（我和沈颖第一次是在裕华酒店，那天我其实故意去晚了，免得中午和她一起吃饭，有花钱的考虑，我不能老让她去掏钱，但我确实也没多少钱，我一个月工资才三千出头，订酒店买东西，乱七八糟就花了三百多。我也担心相处太久，她再改变主意，就直接约在酒店。一进门，我就感觉她心情不太好，对我定的酒店不满意。后来她也说了，觉得自己没受足够的重视。反正，看她的状态，我心情也不是多么舒服。这也不是随处可见那种廉价小旅馆，也不是快捷酒店。我还是第一次去这么好的酒店，装潢什么的是老旧了点，对我来说已经够好的了。我们先坐着喝了点东西，看她矜持的样子，我心里有点瞧不上，房都开了，还在想什么呢，和个腼腆的小姑娘似的。我就这么想的，觉得女人真是麻烦。她都三十多了，有孩子，男女那点事，又不是不知道。奇怪的是，一想到这些，我的性欲就来了。她下午要去接孩子放学，也没有多少时间。我就先去洗澡了。出来后，屋子里黑漆漆的，她躺在床上不说话，也看不清样子。我闻着她身上的味道，她很瘦，皮肤摸起来有点皱巴，不紧致，毕竟年龄摆在这里，好在没干过体力活，很柔软，像是没有骨头。胸不大，应该是喂奶的事，有点瘪。她侧着头，不敢看我。她的下面很舒服，水多。进去后，感觉自己被包裹住，我一下子脑袋就懵了。从始至终，我都没看清她身体的样子，只听着她喘息着。我好久没做了，第一次很快。完事后，我就闪开了，她也很快穿了衣服。我拉开窗帘，想把刚才的一切赶紧忘掉。肉体亲近后，和之前的感觉就完全不一样了，我对她没有了欲望，就没头没尾说了些自己的事，我就想让她认清我，告诉她，我和她完全是两个世界的人，我这个人不怎么样。沈颖哭了，我一开始还以为她在演。可她一哭，我心里就有点不是滋味，那种怜爱的心，就上来了。她说我居然是她第二个男的。我当然不信，到现在我也不信。再多说，就没意思了。本来是简单的肉体关系，这样两个人都挺舒服的。一开始也是这样想的，哪知道以后要谈情说爱，动真感情。我承认，我确实不是东西，没把握好尺度。）

孟：沈颖说，如果她和你只能活一个，她能让你活着，她去死。

陈：她说过，我记得。就是情话，谁还能把这当真了。

（我也和沈颖说过，可以为她去死。到现在，就算是她把我搞成这个样子，你要说让我恨她，我也完全恨不起来。我不知道她现在怎么想的，我确实因为她差点死了。感情里说的话，也不用太当真。当然不是说，我们说这些话都是假的。我相信她，也相信我自己。当时真如果我们能活一个，我可以去死，让她活着。可是没到这个份上，你明白吧，恋爱中的人，会出现头脑发热丧失理智的情况。感情不就是让人失去理智吗。事情怎么会搞成这个样子，我到现在都不明白，我难道真的对她这么重要，她离了我就不行？我从来就没相信过爱情，要死要活的，哭天抢地的，但和沈颖是个例外，我真能感觉到她在乎我，心疼我。也从来没有任何其他的女的，除了我妈，对我这样过。可是爱情可怕的地方，你知道吧，就是有占有欲，说白了，毫无血缘关系、完全陌生的两个人走到一起，还完全为对方着想，连命都不要了，天天想着这个人，牵肠挂肚的，这能要人命。我俩的生活真完全不一样。

从那次国庆节后，沈颖说要去我家，我就觉得苗头不对了，有点越界。我一开始想的是，她是怕我骗她，想去调查我。那我心想，去就去吧，这有什么。反正一路上，我就心里不舒服，挺复杂的。这么光鲜亮丽，一个女的，要什么有什么，啥也不缺。她这是老公刚走了，来郊游享受生活。他妈的，我这是干什么，有什么资格和条件陪她玩，我专门请的假，还被臭骂了一顿，我穷成这个鸟样，还享受生活。扶贫，就那种被扶贫的感觉。让我想起上初中，我们学校和城里的学校结对子，我和一个小姑娘结成一对，去她家住了两天。我现在都还记得，那两天多么让我难受。她父母对我特别好，就是那种好，让我受不了。十多年前，她家里就铺地板了，我以前就从来没见过。路我都不敢走，怕给人踩脏了。还有家具，真皮沙发，坐着是真舒服，我就这么坐着，也不敢整个靠上去。家电就更别提，洗衣机，电冰箱，彩电，还有微波炉，豆浆机，这些玩意过去多少年，家电下乡有了补贴，我家才陆续买的，还是最便宜的那种。我在她家住了两天，有些都是我第一次吃的，手指那么大个头的虾，以前在家吃的是虾米皮。还有牛排，羊肉，有些叫不上名字的海鲜，我也不好意思问。零食就更多了，各种包装，有些是英文，我也看不懂。晚上躺在床上，看着窗外，睡不着，床垫太软，羽绒被又轻。什么都好，就是我不好，我就不应该在这里。两天太难熬，晚上我也不敢去上厕所，抽水马桶，怕吵醒他们，就一直憋着。第二天我就知道了，少喝水。他们带我逛商场，给我买衣服，毛衣，牛仔裤，运动鞋，我什么都不要，还是给我买了一堆。他们开车送我回家。十几年过去，到现在我都记得。在车上，我看着外面的路，我就想，沈颖从小就是这样的生活吧。我就算努力，再努力，都达不到她生下来就拥有的这一切。我爸经常和我说，不要和别人比。道理我都懂，沈颖也没有看不起我。我也不需要听这种话。这么说吧，沈颖在山里，看到的是风景。我不是。看到太河水库，我就想到我爸腿怎么断的。看到山，我就想起小时候没修路，驮着一车子菜，走四五个小时的山路卖菜。晚上回来，山里狼嚎，能把人吓死。这些事说起来，也挺没意思的。）

孟：沈颖说她给你花了不少钱。

陈：我也花钱了，这都是自愿的。

（我不喜欢沈颖给我花钱的感觉，感觉自己被包养了。我开始是想骗她，但人心都是肉长的，她对我有多好,是不是真心的,我也不是感受不到。她为我做的那些事,我都记在心里,我要是现在和你说,我骗她,我对她没感情,那也是撒谎。我记不清从哪一刻爱上她了,是她听了我家里的情况哭着抱着我,我们在车里做爱,还是她站在我们村的墓田里,紧紧抓住我的手,眼睛柔情似水。我没办法说清楚,感情这种事也说不清楚,我也想给她花钱,我已经尽自己的能力了,我也想过和她在一起。沈颖和其他女的不一样,我能感受到在床上,她对我的爱,我也是,我到现在都可以说,算了,你也不懂,这种事男的说出来,好像是在炫耀。反正和沈颖在一起是最舒服的。沈颖给我买衣服,我没穿过这么贵的,这感觉像小时候过年,我妈带我去赶集买衣服。还有带我去饭馆吃饭,中餐,西餐,日料,韩国铁板烧,泰国菜……每次都吃得我心里一头汗,说不在意别人的看法是假的,真和包养了一样,让我吃多点,补补身子。我不应该这么想,大老爷们的,这么说有点占便宜还卖乖。人总得找点寄托吧,上班不算,我也没别的爱好和追求,我就这点本事了,在沈颖这里就是用在了床上。这是我的女人,我可以摆布她,我在掌控她,我们也越来越放得开,狠狠地干她,听她叫,把手塞进她的嘴里,看她贪婪想要的样子，她就是我的了。女人在外面和在床上完全是两种状态，别看她平时对人挺冷淡，爱答不理的，她在床上，是另外一个人，饥渴，风骚，叫喊，想要我。我把她压在身子下面，让她离不开我。他妈的，说到底，我就不应该让她这么离不开我。我们好几天都在酒店里，吃饭，做爱，不干别的。有天，沈颖和她老公打电话，那次特别刺激，特别有成就感。挂完电话，我又继续干她，问她我和她老公谁更强，谁更大，谁干她更舒服。沈颖高潮后，瘫在床上，一丝不挂，背对着我，上面都是我掐的红斑，整个身子还在不停地抽动。）

孟：你和沈颖怎么就搞成现在这样了？
陈：她有点偏激。

（沈颖说想离婚，和我在一起，我害怕了。我从来没想，不能这么说，也想过，但不是现在的沈颖，是没结婚，也没孩子的她。如果我们早几年遇到，也许有可能。我自己都顾不过来，我拿什么结婚。女儿跟着她，我当个后爸，我没这个心理准备。先不说家里同意不同意，我从小也不怎么听家里的话，但这个事情，我觉得不行。这一下关系就变味了，自私一点说，我就想找个女伴，没事在一起谈情说爱，开房睡觉，嘘寒问暖，没有任何心理负担，这样自由自在的。我们刚开始也是这么说的，几天不见，我确实也想沈颖。沈颖不这么想，女人需要的更多的是感情上的满足感吧，被拥有，被在乎，被珍惜。她从来不问我想要的是什么，给我做饭吃，给我买东西，给我钱，又说去泡温泉，又是干什么的。要只是这样，也挺好的。我不喜欢被人管束，那次给我做饭，我就手上有点鱼腥味，一遍遍说，冲我发脾气。一想到要和她在一起生活，我怎么忍受，把我当个儿子这么管着。去年冬天，我也有点不顺。先是和公司新来的领导不投脾气，派给我的活，都是他妈的吃力不讨好的。我就辞职了。欠我一个多月的工资，后来我去要，本来三千五，扣七扣八的，给我一千。我本来想找机会揍他的，结果我自己先进去了。好几年前一块偷车的哥们抢劫被逮住了，把我们干的事都招了。在看守所待了二十多天。家里凑了钱，先把我保释出来。日子有点难过，沈颖给我些钱。钱我一时半会还不了。我就想，我要补偿沈颖。感情谈到这份上，就没什么意思了，总想着亏欠和补偿。过了年，我妈查出来肺癌，我就想借这个事和沈颖断了。我也不想把事情搞得那么僵，你不知道这小半年我怎么过来的。沈颖精神绝对有点不好,不分手,先当朋友,又反悔,说不在一起也行,关系不能断,但又让我保证不能和别的女的好。我妈生病,她闹着非要来,我他妈的烦死了,还要应付她。后来我就明确和她说,就分手,也别他妈的当朋友。她说让我还钱,不还钱不分手。我真拿不出来钱,我妈还生病。沈颖说,不给钱就不分。我就说,那就先处着。让我每天要汇报自己的情况。反正这半年就断续着。后来她又威胁我,不分,要把这事告诉她丈夫。我怕什么,我就说,那你告诉他吧,让他来找我。这一步步,都是她逼的。)

孟: 沈颖的原话,她没想弄死你,只想把你弄残了,不好找对象,就可以和她在一起了。

陈: 她找到谁?

孟: 通过小传单找了个杀手。(笑起来)第一次没成功,第二次劲使大了。

陈: 她还说什么了?

孟: 凶手还没抓到,具体的细节还要进一步核实。

陈: 沈颖会怎么样?

孟: 她是主谋,事情小不了。

陈： 我要是求情，能不能减轻一点。

孟： 我只负责查案，一切看法官怎么判。

陈： 沈颖还好吧。

孟： 一直哭，说对不起你。

陈子凯不说话。

孟： 行了，你先养着吧，有需要问你的，再来找你。

十二　后续

两天后的上午，孟有武来到医院。陈子凯能自主下床，脸上有了血色，脖子仍被固定，说话不再含糊不清。人抓住了，孟有武说，事情也都交代了。陈子凯盘腿坐在床上，等他下面的话。这家伙叫吴安住，孟有武说，说来也巧，他也在兴学街那边租过房子，对那块挺熟悉的。两次都是他干的。这个吴安住从网上买了根电棍，伪劣产品，卖家知道电棍是管制刀具，没公安机关批准买卖犯法，索性卖假的，看着像电棍，其实就是个手电筒。他本想把你电晕，挑了你的脚筋，按照沈颖的要求做个残单。后来，沈颖催得紧，他还有别的活等着,第二次就想直接做个亡单。这的确不是沈颖的意思,她没想让你死。陈子凯问,吴安住这个人怎么样?孟有武指着自己脑袋说,没什么脑子,这年头当杀手。陈子凯问,他和我像吗?孟有武想象吴安住的脸,又看着眼前的陈子凯,一个杀人未遂,一个死里逃生,并不相似的五官,有着同样的迷茫和倦怠。

做完陈子凯这单,吴安住连夜跑到济南。被抓时,他在济南火车站旁边的旅馆里,同住的还有个叫曹继茹的女人。从济南回来,一个小时的车程,吴安住表现平静,不反抗,也不多说话。曹继茹不停对孟有武等人哭诉,她被公司的老板性侵,报警没人管,还把她给拘留了。一年多来,曹继茹得了抑郁症,割脉,吃药,办法都用过了。她伸出手腕,几道明亮的伤疤。左手腕的一道刚褪痂,疤痕凸起的边沿还泛着红光。曹继茹说,我想明白了,我不能这么死了,我要拉着他一起死。吴安住应和道,这种事,你们不管,她只能找我了。

审讯进展顺利,吴安住有问必答,十分配合。他并不是沈颖口中的退役特种兵,曾在边境参加过局部战斗,杀过人,后负伤复员。这并不需要多么敏锐的洞察力，不知沈颖为什么能这么容易轻信他，并付了一万的定金。吴安住二十三岁，用他的话说，大专毕业后，没找到合适的工作，想自己做点事，都没成，欠了同学朋友不少钱。跑业务时，吴安住经常看到墙上贴的迷药、枪支、替人报仇的广告。他花三百块钱买了迷药，回去试了下，药是假的，根本迷不倒人。吴安住给对方打电话，那人让他报警。他没报，这事说不清楚。以前有过类似的新闻，一个男的在网上卖毒品，买家发现毒品其实是面粉，然后报警了，也不知道这人怎么想的。我只是想把钱骗回来，吴安住说，打印了专业杀手帮人报仇的小广告。

沈颖是他的第一个雇主。之前也见过两三个，吴安住说，都不太合适，价钱太低，事也小。沈颖告诉吴安住，她妹妹还在念高中，被人欺负了，怀孕又流产什么的。一听我就火大了，我也有个妹妹，这事不能不管，吴安住说，钱好商量，当然沈颖给钱也挺痛快。收了定金，我就改主意了，应该给陈子凯点教训。开始也没想做亡单，吴安住说，第一次没成，中间曹继茹找上我，她这事，我一听更恶劣。她交了定金，整天给我打电话，她精神不太正常，我也实在没办法，吴安住说，就想赶紧把陈子凯这事给处理了。到了济南，曹继茹说，她那老板出差去了外地，要四五天才回来。我想走，她不让，怕我再接别的活，就跟我住一块，整宿不睡觉，和我絮叨老板怎么性侵她。她也是傻，证据都没保留，警察没证据，也做不了什么，去公司闹，在老板车上喷强奸犯什么的，反口被人报警拘留了。这事，走法律途径没用，只能我出手。

得知陈子凯没死后，吴安住靠在椅背上，泄了口气，又说，有点后怕。他说水果刀扔在垃圾桶里，这个当晚调监控，我们就找到了，指纹和血迹也都对比过。不到两个小时，审讯结束。孟有武点了份盒饭，外加一份辣鸡肉，看着吴安住狼吞虎咽。他没说陈子凯和沈颖的关系，吴安住早晚会知道。人总是需要点信仰来支撑，起码从此刻到庭审前这段日子，看守所的日子并不好过。后续，我们又聊了点别的。孟有武说，他家是农村的，毕业后没找到正式工作，和父母闹得有些僵。他妹妹小时候烧伤，脸上留下疤，长到十四五岁，性格孤僻，不上学，也不出门。吴安住想给妹妹治脸，他拿到的定金，几乎没花，都存着。陈子凯问，他没问我的情况？没有，孟有武说，你有什么想说的，我可以帮你带话。陈子凯笑起来，听你说了这些,我恨不起他来,也没话说。又问,他大概能判几年?孟有武说,不好说,故意伤人,虽说未遂,也挺严重,但他不是主谋,有主动认罪情节,怎么也要五六年。

案发后,法制栏目的摄制组去吴家湾采访吴安住的父亲。采访那两天刚好西红柿下市,夫妻两个操弄着一个蔬菜大棚,三百六十五天无休。柿子下市,就几天的工夫,行情随时在变,摘不下来就烂在棚里了。吴父本来拒绝采访,不是什么光彩的事。摄制组找村书记做他的工作。蔬菜大棚租期快到了,续租这事还要麻烦书记。采访从村书记嘴里成了政治任务,要配合工作。另一方面,案子还没宣判,摄制组答应片子出来给法官看,说不定能减刑。吴父面对镜头说了很多话,包括儿子的成长经历,该说不该说的,都说了不少。节目播出后,吴父的镜头不到半分钟,留用的几句话是,吴安住不爱学习,好不容易考上大专,毕业后也不找工作,这两年不知道在外面干啥。事先说好的,那些给儿子求情的话都没用。吴父看完后,气得把碗摔了。

摄制组又去看守所采访吴安住,先给他看了父亲受访的镜头。上次他在家还是春节,背景的客厅还是老样子，只是张贴的"福"已经有些褪色。父亲满头大汗，身形消瘦，手足无措，眼神躲闪，说着对儿子的评价：孩子还是小的时候好，不让人生气，大了就不服管了。这两年，我也不知道他在外面干什么，平时不回家，回来也啥都不说。听到这里，吴安住先流下泪了。记者对吴安住说，你爸不明白，自己儿子怎么就成了杀手了。第一次面对摄像机，吴安住表情拘谨，身穿统一的囚服，眼神缥缈，说的话有些轻飘，有气无力。案件诉讼进展缓慢，长达数月的关押，吴安住晚上睡不好觉，精神疲惫。至于肤色白皙和略有发福，只因几个月不见阳光，强制性戒烟后身体机能的失调。今年四月份的一天晚上，吴安住接到父亲的电话，他来城里了，和蔬菜批发市场的人刚吃完饭。吴安住让他过来，那时沈颖刚付了定金，自己手里有点闲钱，想请父亲做个足疗按摩。父亲说，不了，一会要赶回去。以前，吴安住在网上看到一个帖子，一生中要和父亲去做的事情，诸如喝酒、出门旅行。还有什么，记不清了。总之，他都没和父亲做过。